Karin Brose

HERBST

Wenn du nichts mehr müssen musst

Die Liebe zum Leben braucht auch den Mut,

es zu wagen."

(Annelie Keil)

Karin Brose

Jahrgang 1950

Studienrätin a.D.

Autorin, Malerin

Karin Brose

HERBST

Wenn du nichts mehr müssen musst

Produktion Karin Brose, Hamburg 2018

Fotografien/Bilder Karin Brose

Herstellung und Verlag:
BoD – Books on Demand, Norderstedt
ISBN9783746066776

Inhalt

Ich danke dir, du Mensch an meiner Seite,
der du mein Leben so leicht machst.
Lass uns unseren Herbst gemeinsam genießen!
Jeden Tag.

Ene – mene – mu..

„Is' der Kaffee fertig?" Er schlurft in die Küche.
Frisch aus dem Bett, klebt sein weißes Haar
verschwitzt an seinem Kopf. Seine graue
Jogginghose ist ein Opfer der Erdanziehung und
lässt viel weiße Haut blitzen. Es ist 10:15 Uhr. Er
kratzt sich am Bauch. „Du hast ja noch nichts
fertig!" nörgelt er und gähnt. Sie sitzt am Fenster
und beobachtet ein paar Meisen, die sich um
Nistmaterial zanken. Sie lächelt. „Die Meisen
beginnen etwas Neues", denkt sie, „wir auch." Sie
ist schon vor einer Stunde aufgestanden, denn
sie braucht morgens Ihre Zeit um zu sich zu
finden. Dann kocht sie sich Tee, macht ihre
morgendlichen Übungen und liest die Zeitung.
Diese Zeit braucht sie ohne ihn.

Er hat die Pensionierung verdrängt bis zum
letzten Tag. „Es ist ja noch nicht so weit", hat er
gesagt, und „was schert mich das heute?" „Willst
du nicht einmal darüber nachdenken, was dir
Spaß machen könnte?" hatte sie ihn gefragt. Er

war unwirsch geworden, hatte sich unter Druck gesetzt gefühlt.

Jetzt ist es soweit. Er ist in Pension und zu Hause. 41 Berufsjahre liegen hinter ihm. „Machst du Kaffee und holst Brötchen?" tönt es aus dem Wohnzimmer. Wortlos zieht sie ihren Mantel über und greift nach dem Autoschlüssel. – „Jaaaaaaa! Tooooor!" – Auf welchem Kanal, zum Teufel, gibt es zu dieser Zeit schon Fußball? Sie schüttelt den Kopf. Ob sich die viele neue Zeit mit Fernsehen totschlagen lässt? Man wird sehen. Die Frage, was jetzt noch kommen soll, beschäftigt sie schon.

Sie hatten ein ausgefülltes Leben. Beide waren sie immer sehr engagiert berufstätig gewesen. Sie sind viel gereist, haben die Freizeit mit Freunden geteilt. Ihre Kinder wuchsen im geborgenen Familienkreis auf. Nun sind sie schon lange erwachsen und haben selbst Kinder. Was soll jetzt also noch kommen? Haben sie irgendetwas versäumt? Fehlen noch Erfahrungen, auf die sie nicht verzichten möchten?

Was es bedeutet, in den Ruhestand zu gehen, wird dir erst so richtig bewusst, wenn du betroffen bist. Dieses diffuse Gefühl, ausgemustert zu werden, Jüngeren Platz machen zu müssen, dieses Gefühl, ins Nichts zu gehen, ist wenig amüsant.

Schon die letzten Monate des Berufslebens gestalten sich sonderbar. Obwohl noch voll im Geschehen, betrifft dich doch schon nichts mehr so richtig. Sitzungen und Konferenzen, die sich mit Umsetzungen in der Zukunft befassen, kannst du getrost versäumen. Mit jedem Mal, das du nicht teilnimmst, schleichst du dich ein wenig mehr hinaus. Du schaffst Abstand, versuchst loszulassen. So tröstend die Ansprache jüngerer Kollegen auch ist „wie schade, dass du gehst" und „ohne dich kann ich mir den Laden gar nicht vorstellen", so klar ist dir, dass sie dich in ihrem zukünftigen Alltag nicht vermissen werden. Man kennt die Peinlichkeit, wenn Ehemalige zu Besuch kommen. Die stehen dann da rum, mitten im Getriebe und fühlen sich so überflüssig wie sie sind. Alle freuen sich eigentlich, sie wieder zu sehen, aber niemand hat Zeit für sie. Ja – äh..

Du warst es gewohnt, morgens um sechs Uhr deinem Wecker bedingungslos zu gehorchen. Deine Abläufe hattest du ein Leben lang durchstrukturiert: Aufstehen, Gymnastik, Bad, Frühstück/Zeitung/Nachrichten, Zähneputzen, Anziehen, rein ins Auto und los. Ankommen. Arbeiten. Kollegen treffen. Feierabend.
Wie wirst du in Zukunft deine Tage gestalten? Du träumst „erst einmal ausschlafen!" Und du genießt das. „Kein Wecker!" Dann stellst du

vielleicht fest, dass der Tag sehr kurz ist , wenn du lange schläfst. Oder aber deine Abläufe verschieben sich einfach nach hinten und aus dem Frühaufsteher wird ein Nachtmensch. Während du früher um 23 Uhr im Bett sein musstest, um morgens um sechs wieder wach zu werden, kannst du nun gern um 2:00 Uhr schlafen gehen, denn der Wecker klingelt ja nicht. (..außer du stellst ihn dir doch)

Das Leben von Lehrern, zum Beispiel, wird durch die Schulklingel getaktet. Es ist schwer diesen Rhythmus abzulegen. 9:35 Uhr, Große Pause! Wie lange dauert es, sich davon zu lösen und dem eigenen Takt zu folgen?

Abgesehen vom Ausschlafen am Morgen und dem Verfolgen jeder Sportsendung im Fernsehen, erliegen manche einem packenden Aktionismus. Sie streichen Regale, reparieren Schuhe, erledigen Liegengebliebenes, als müsse alles dringend fertig werden. Jeder braucht Bestätigung und das Gefühl, dass er etwas bewegt. – Klar.

Wenn ein Berufsleben ausgefüllt und erfolgreich war, kann das Loch am Ende ziemlich tief sein.

Willa und David haben beide gern als Lehrer gearbeitet und immer den Kontakt zu ihren Schülern genossen. Mit jedem neuen Jahrgang konnten sie „an der Zeit" sein. Auch ihr Privatleben war nicht frei von Gedanken an Unterricht und die Belange der Kinder. Generationen von jungen Menschen hat sie „Füße fürs Leben verpasst", sagt Willa gern. Das Lehramt ist wohl einer der abwechslungsreichsten und anstrengendsten Berufe überhaupt.
Sie hat sich in der Bildungspolitik engagiert und sich für die Chancengerechtigkeit der Kinder eingesetzt. Und nun?

>Ene, mene, mu und raus bist du..<

Ehemalige Lehrer haben ein besonderes Problem. Sie werden im Ruhestand nicht mehr gefragt. In der Schule hören sie ihren Namen pro Tag ein paar hundert mal. „Frau Meyer! ..?." Was wird sie für den dritten Lebensabschnitt ausmachen? Wo werden sie Bestätigung finden. Ganz ehrlich, so völlig ohne geht es ja nicht. Jeder, der seinen Beruf ausgefüllt hat, wird dieses Gefühl kennen.

Bea hat 52 Jahre ihres Lebens als Friseurin gearbeitet, viele davon im eigenen Salon. Dass sie sich je zur Ruhe setzen würde, erschien ihr ganz weit weg. Dann hatte sie plötzlich einen Hörsturz und fiel für längere Zeit aus. Sie musste kürzer treten und schließlich mit 68 Jahren doch in den Ruhestand gehen. Es fiel ihr ungeheuer schwer, denn sie hatte immer gern gearbeitet. Der Kontakt zu den Kunden und die Kreativität fehlten nun.
Noch heute, viele Jahre später, hat sie den Verlust ihrer Arbeit nicht ganz verwunden. Ab und an besucht sie ihren Nachfolger im Geschäft, nur, um wieder einmal ein wenig „Job" zu atmen.

Nicht mehr gebraucht zu werden, heißt aber nicht nur <ausgemustert sein>, sondern hat auch eine positive Seite. Es bedeutet, die Freiheit zu haben, jetzt selbst über die Art der eigenen Zeitgestaltung bestimmen zu können.

David denkt darüber nach, noch einmal in die Uni zu gehen. Den Wirtschaftsexperten interessiert Geschichte. Seine Frau coacht Schüler, macht sie fit für die Schule und das Leben. Sie möchte vorerst keinen festen Dienst übernehmen, aber später wird sie sich ein Ehrenamt suchen.
Ehrenamt – ein weites Feld der Betätigung für Pensionisten und Rentner. Wo man gebraucht wird, erfährt man im Internet oder bei Hilfsorganisationen, wenn man nicht schon zu Zeiten der Berufstätigkeit begonnen hat, eine sinnvolle Betätigung zu suchen. Mancher intensiviert sein Engagement im Verein oder in der Kirchengemeinde, andere spielen plötzlich Theater für Kinder.

Die meisten von uns haben auch Hobbies, für die nun endlich mehr Zeit ist. Vielleicht machst du eine bisherige Freizeitbeschäftigung zu deinem neuen Beruf?

Andere freuen sich schon Jahre vorher auf den Ruhestand und zählen die Tage. Über Helmuts Schreibtisch hängt ein Maßband. Davon schneidet er bis zum letzten Arbeitstag täglich einen Zentimeter ab. „Wenn wir endlich in Rente sind, dann.." Häufig wird die Arbeit einfach zu belastend, wobei körperliche Tätigkeiten mit zunehmendem Alter meist schwerer fallen, als Büro- oder Schreibtischarbeit.

Fest steht, dass Frühling und Sommer nun vorbei sind und der Herbst des Lebens anbricht.
Schön, wenn Körper und Seele noch intakt sind und man diesen auch genießen kann. Schaffe dir also Erfreuliches! Lache und sei dankbar für jeden guten Tag. Die dritte Lebensphase ist nicht unendlich.
Carpe Diem!

Herbst voller Hoffnung

Der Nebel schwindet
nur langsam,
windet
sich wie ein Arm
um Busch und Baum,
umschlingt auch mich,
verspür es kaum.

Wie eine kühle Hand
greift Feuchtigkeit nach mir.
Die Nebelwand
umhüllt mich schier.
Legt sich auf Haar und Haut
sogar auf meine Seele,
die schaut
verklärt.

Greller Sommer ist gewichen,
Lichter werden fade,
Farben sind verblichen.
Schade.
Herbst färbt die Welt,
ein letzter Versuch,
bald fällt
das Leichentuch

Auch in meinem Leben
ist der Sommer dahin.
Gemäßigt all das Streben,
ich suche nun den Sinn
im Herbst:
Genießen und Erleben,
verspüre manchen kleinen Schmerz.
Was wird mir die Zukunft geben?

Schon weiß dein Haar,
auch meins wird langsam grau.
Dein Sommer war
bunt wie der Meine, aber schau,
dass wir gemeinsam
Herbst und Winter erleben,
niemals einsam
einander Liebe geben.

Der Nebel hebt sich,
es wird heller
Licht
kommt nun immer schneller.
Dennoch, nichts hat Eile,
wir sind bereit,
nach einer kleinen Weile
zu zweit
unseren Weg zu gehen.

Wie lang wird er sein?
Wie viel Zeit haben wir noch?
Bange Fragen.
Werden wir zusammen sein,
bis zum Ende des Winters oder einer doch
den Rest alleine gehen – wer kann das sagen?

Ich vertraue auf das Glück,
das mir zugefallen ist,
als ich dich traf.
Will nie dahin zurück,
wo du nicht bist
Schlaf
mit dem Gedanken ein,
am Ende mit dir zusammen zu sein.

Schmerz

Er kündigt sich nicht an

schlägt einfach los

Und dann,

die Pein ist groß,

was tun?

Was ist richtig?

Und nun

sind alle Pläne nichtig.

Deine Aufmerksamkeit beansprucht er ganz für
sich.

Hat sich dich ausgesucht,

nicht mich.

Was will er dir sagen?

Was soll er bedeuten?

Sinnlos zu fragen

Vielen Leuten

geschieht es auf diese Weise,

dass Schmerz das hastige Leben bremst,

erst ganz leise,

bis du ihn kennst.

Gib dich ihm hin,

erkenne ihn an,

versteh seinen Sinn

nur darauf kommt es an.

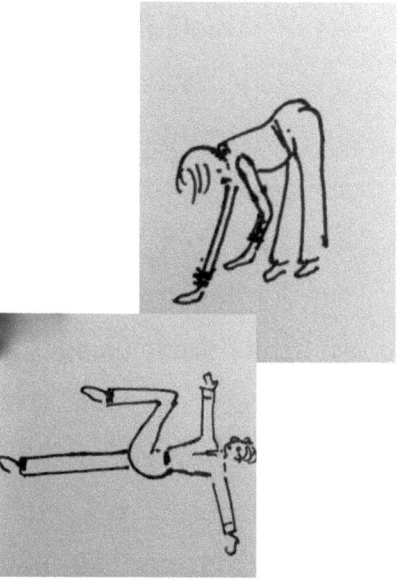

Er hat Rücken

„Schatz, was meinst du, soll ich nicht mal wieder anfangen zu laufen? Jetzt hab ich doch Zeit." „Gute Idee! Tu das. Es wird dir gut tun, weißt ja, wer rastet, der rostet."
Nach 36 Minuten steht er wieder vor der Tür. Er jappst und hechelt, hat ein hochrotes, schweißüberströmtes Gesicht. Sein Laufshirt klebt an ihm wie eine zweite Haut. War das nicht rot, als er loslief? Er trinkt eine Flasche Wasser auf Ex und plumpst in einen Liegestuhl. „Oh Mann, war das anstrengend! Ich bin so richtig raus." Dann schläft er ein.
Am nächsten Morgen schleicht er in die Küche. Mit der linken Hand kann er sich am Knie kratzen, so schief steht er da. „Ich hab solche Schmerzen! Kann nicht gerade stehen. Bin kaum aus dem Bett gekommen." – „Wenn das nicht besser wird, geh zum Arzt," rät sie.
Als sie mittags heimkommt, empfängt er sie mit der Nachricht, dass er beim Orthopäden gewesen sei. Alles total verspannt, sagt der, total fest. Die

Spritze hat für Linderung gesorgt, aber weg ist der Schmerz nicht. Selbst die 600er Ibu helfe nicht. „Na, sagt sie, dann pack dich mal vorsichtig auf den Teppich. Wir machen mal das Krokodil." „Meinst du, das hilft?" fragt er hoffnungsvoll. „Wir können es nur versuchen." Mühsam hilft sie ihm auf den Rücken. Bis jetzt ist das Krokodil eher ein „Kranker Maikäfer". Vorsichtig bewegt sie seine Beine. Sein schmerzverzerrtes Gesicht begleitet ihr Tun. Sie wiederholt das Prozedere wohl zehn Mal. Dann wendet sie ihn auf den Bauch, wie einen Fisch in der Pfanne und massiert ihm den unteren Rücken. Oh Wunder, er kann fast ohne Schmerzen aufstehen.. Hoffentlich bleibt das so, denn morgen hat er für ein Golfturnier gemeldet und übermorgen wartet die Altherrenmannschaft zum Fußballspielen auf ihn. Die Welt würde untergehen, wenn er einen Sonntag ausfallen lassen müsste. Pünktlich um 9:30 Uhr schwingt (na, diesen Sonntag vielleicht nicht wirklich!) er sich ins Auto um die 30 Kilometer zum Fußballverein zu fahren. Dort draußen auf dem

Land treffen sich alte Herren, die es nicht lassen können. Früher einmal Vereins- oder Ligaspieler, kicken sie jetzt aus lauter Freude an Bewegung und Gemeinschaft. „ Meist kommt er mit stolz geschwellter Brust heim. „Na, du Held! Hast du wieder ein Tor geschossen?", fragt sie dann und er antwortet „Yes! – Sie haben mich Fußballgott genannt! Und Archi hat heute wieder zwei Tore gehalten. Der schmeißt sich voll in den Dreck mit seinen 70 Jahren. Das glaubst du nicht! Anschließend saßen wir noch zusammen. Haben soviel gelacht! Das macht einfach Spaß mit den Jungs."

Vielleicht kann sie ihn doch motivieren, von nun an regelmäßig seine Rückenübungen zu machen, wobei „regelmäßig"das Zauberwort ist. Und wenn's nur für den Fußball wäre!

Sport – Das seh' ich ja locker – aber zum Beispiel Wolf, der ist fast jeden Tag auf dem Golfplatz. Er nutzt die Driving Range, optimiert seine Abschlagtechnik oder übt, die Bälle aus dem Bunker wieder aufs Grün zu schlagen. Wolf hat ein Ziel. Er will in diesem Jahr sein Handicap auf unter 20 verbessern.

Warum? Weil sein Ego das verlangt. Er hat den Ehrgeiz, auch gegen seine körperlichen Voraussetzungen und obwohl er erst mit 60 Jahren das Spiel mit den kleinen weißen Bällen begonnen hat, seinen Freund Heinz zu schlagen, der sein Handicap von 21 schon seit Jahren schont. An manchen Tagen droht Wolf zu verzweifeln, wenn seine Schläge misslingen, wenn die Bälle das Weite suchen und er sie trotz Suchen nicht wiederfindet. Es kam schon vor, dass er vor Wut seinen Schläger hinterhergeworfen hat. – Ganz schlechter Stil!

Gila fragte unlängst, welches Handicap Ilse hätte. „Ach,“ sagte die ganz entspannt, „ich dümple so bei 35 rum. Ist mir so gar nicht wichtig, Hauptsachen ich habe Spaß und das Wetter ist schön.“ Erleichtert stimmte Gila zu. Auch sie findet, dass sie in ihrem Alter keine Wettkämpfe mehr austragen oder sich mit anderen vergleichen muss. Sie genießt eigentlich, dass sie nichts mehr müssen muss. Aber Wolf sieht das halt anders. Da steht sie immer ein wenig unter Druck. Vielleicht ist das ja auch so ein Männerding, denkt sie, dass sie immer gern die Besten, Schnellsten, Größten sein wollen. Kennst du einen Mann, der zugibt, dass er irgend etwas weniger gut beherrscht, als ein anderer?

Na, ich jedenfalls nicht. Und wenn er dann womöglich noch von geringer Körpergröße ist, umso schlimmer! Besonders die Kleinen stehen offenbar unter großem Erfolgszwang. Und wie man sieht, hört das auch mit dem Eintritt in den Ruhestand nicht auf. (Dass ich es mir jetzt mit einigen männlichen Lesern verderbe ist schade. Aber die Erfahrung,...)

Im Übrigen treten Wehwechen, Zipperlein und auch ernste Verschleiße jetzt tatsächlich vermehrt auf. Das bringt das Älterwerden so mit sich. Früher, als viele Menschen nicht älter als 40 Jahre wurden, kannte man zahlreiche der Krankheiten, die uns heute plagen, nicht.

Schon fast normal ist, dass man jenseits von 60 ein neues Knie oder eine neue Hüfte braucht. Solche mechanischen Probleme stuft man inzwischen relativ gelassen ein.

Geht es aber um seelische oder neurologische Erkrankungen, sieht das schon anders aus.

Es wäre nicht zielführend, hier einen Katalog verschiedener Krankheitsbilder aufzuschlagen, denn dafür gibt es bessere Foren. Also lassen wir das oder bleiben einfach gesund!

Und für kleinere Wehwehchen kennen wir schließlich Hausmittel. Wenn sie nicht überliefert sind, schlagen wir einfach im Internet die Seite „Frag Mutti" auf.

David erinnert sich, dass seine Mutter gegen Bauchschmerzen und Übelkeit immer ein zuverlässiges Mittel parat hatte. „David, nimm ein paar Hingfong Tropfen, das hilft." Und dann tröpfelte sie das Wundermittel auf einen Teelöffel mit Zucker. Es half immer.

Willas Oma schwor auf Zwiebelsaft gegen Husten. Dafür häckselte sie Zwiebeln, überstreute sie mit reichlich Zucker und ließ das Ganze ziehen. Um an den kostbaren Saft zu kommen, presste man die Zwiebeln mit einem Teelöffel zusammen.

Sicher fallen dir noch ganz andere Hausmittel ein, was auch gut ist, denn die sind dann hoffentlich verfügbar, wenn du sie brauchst.

Dennoch solltest Du dir immer bewusst sein, dass alles ständig im Fluss ist. Damit einher geht, dass du auch jederzeit bereit sein musst, dich auf neue Situationen einzustellen. Alt werden ist nichts für Feige. Für viele wird auch nichts mehr besser und dennoch: Lass dich nicht schrecken!

Flaute

Der Alltag ist eine graue Maus. Sie schleicht sich ein und baut in unserem Leben ihr Nest. Ehe wir uns versehen, macht sie es sich darin bequem und sorgt für Unzufriedenheit und Langeweile. Natürlich können wir nicht nur die Rosinen aus unserem Leben picken und ausschließlich Highlights genießen. Das hält auf Dauer niemand durch, wenn er sich auch noch so sehr bemüht.

Bea hatte ihren Freund durch eine Anzeige kennengelernt. Sie verbrachten eine spannende Zeit miteinander. Leon war Künstler und auch was das Zusammenleben anging, äußerst kreativ. Für Bea war das neu und sie gab sich neugierig hinein in diese Tage, die zu Beginn nie vorhersehbar waren. Die Spontaneität in Leons Ideen fand sie interessant. Mit der Zeit jedoch fühlte sie sich entwurzelt. Ihr fehlten die eigenen Abläufe, die Befriedigung ihrer Bedürfnisse, die innere Ruhe. Trotzdem dauerte es mehrere Jahre, bis Bea einen Cut machte. Auch in diese besondere Beziehung hatte sich die graue Maus eingenistet. Die Spontaneität und ungewöhnlichen Verhaltensmuster ihres Lebensabschnittsgefährten waren zur Gewohnheit geworden. Bea konnte inzwischen vorhersehen, wie gewisse Abläufe sich gestalten würden. In ihrem Kopf fing es jedes Mal an zu rattern: „Jetzt krampft er wieder, damit es besonders wird, nur dass ich schon jetzt weiß, wie es endet! Normal wäre auch toll.."

Zu normal wollen die meisten von uns es aber nicht. „Wir sind seit 45 Jahren verheiratet", kommentiert Elsa und verdreht die Augen. „Mit ups and downs." Na, ja.

Die graue Maus macht leider auch nicht vor der Schlafzimmertür halt. Mit zielgenauer Sicherheit packt sie sich mit unter die Decke. Die beiden, denen das Bett gehört, merken das, aber sie trauen sich oft nicht, den Störenfried rauszuschmeißen. Da liegen sie in Schlafanzug und Nachthemd, die Decke hochgezogen. Sie kennen einander wie sich selbst, sie wissen, welche Knöpfe sie drücken müssen, damit es losgeht. Das Licht haben sie gelöscht und hoffen, dass ein Funke springt, dass sie es wieder hinkriegen, wie schon seit Jahrzenten.

Nun kommt aber der Tag, wo das nicht mehr funktioniert. Die graue Maus hat sich mit dem Älterwerden verbündet. Erektionen gelingen irgendwann nicht mehr so spontan wie in jungen Jahren. Und wenn es noch schlimmer kommt, dann herrscht Flaute. Ihm ist das peinlich, so, als hätte er versagt. Versagt als Mann. Das ist schlimm für sein Ego und das Modell „weichgekochte Nudel" legt sich gemütlich zurecht und meint „ich muss nicht!" Seine Frau sollte am besten kein Mitleid zeigen, nach dem Motto: „Schatz, das ist doch nicht so schlimm!" Das macht es erst richtig übel.

Nun denken manche, dass das eben so ist und fügen sich drein, obwohl ihnen schon ab und zu nach körperlicher Nähe und auch mehr ist.

An dieser Stelle möchte ich an den Titel dieses Buches erinnern: „Wenn wir nichts mehr müssen müssen". Das gilt auch für den Sex. Du musst keinen haben, du musst dich aber mit einer weichen Nudel auch nicht geschlagen geben.

Natürlich kommt es dir wahrscheinlich komisch vor, wenn du plötzlich das Programm ändern sollst. Aber glaube mir, das kann sehr lustig sein!

Probiere es aus! Zünde im Schlafzimmer viele Kerzen an, heize gut, versprühe ein wenig deines Lieblingsparfüms. Erwarte ihn ohne die Bettdecke und lass auch das Nachthemd weg. Kerzenschein macht schön. Ich bin sicher, er wird dich sehr anziehend finden und die Flaute vom letzten Mal sofort vergessen.

Frauen in deinem Alter leiden meist an vaginaler Trockenheit. Du solltest deshalb ein Gleitmittel haben, das du rechtzeitig vorbeugend platziert hast. Es dürfte ihm eine Wonne sein, wenn du auch ihn damit massieren würdest.

Er legt eure Lieblingsmusik auf. Dann lockt er dich vom Sofa und beginnt, mit dir zu tanzen. Ist das schön! Er zieht dich näher an sich und du spürst, dass da etwas anders ist ...Dann greift er dir ins Genick und küsst dich zärtlich. Verlangen kommt auf. Langsam beginnt er, dich aus deinen Klamotten zu pellen und dann bleibt euch nur noch der Teppich..

Irmchen und Peter schauen ab und an einen anregenden Erotikfilm. Der tut bislang immer seine Wirkung..

Auch wenn man über 60 Jahre alt ist, darf man seine Sexualität leben, besser, man muss nicht verzichten müssen! Tabus gibt es keine. Peinlichkeiten auch nicht. Zusammen lachen ist beim Sex ausdrücklich erlaubt.

Wenn die Knie nicht mehr wollen..

Willas Schlafzimmer ist wunderschön. Unter der Dachschräge steht ein riesiges Futonbett von elegantem Design. „Daraus würde ich nicht wieder hochkommen," meint Gila. „Ich habe auch das Problem, dass ich morgens mit dem Rücken noch nicht so kann," gibt Willa zu. Wenn ich aus dem Bett will, muss ich erst einmal irgendwie an den Rand rutschen. Das ist richtig Arbeit." „Ich hab mir jetzt ein hohes Bett gekauft. Da brauche ich nur die Beine rauszuhängen und schon stehe ich", empfiehlt Gila. „Weißt du, das wird ja alles nicht besser. Ich brauchte jetzt neue Stiefel. Da gab es superschöne aus Kalbsleder, bis zum Knie. Die hatten nur ein Problem, sie waren zum Hineinschlüpfen. Kein Reißverschluss! Das kriege ich nicht mehr hin. Ich brauche inzwischen einen Seiteneinstieg. Deprimierend, oder?"

„Ich weiß, was du meinst", gibt Willa zu. „Das Problem hatte ich neulich auch. Da musste ich mich zum Stiefel Anziehen hinsetzen!"

David wunderte sich, als auf der Silvesterparty plötzlich einige andere Tänzer beim Twist um ihn herumstanden und begeistert den Takt klatschten. David ist gut in Form und hat noch keine körperlichen Gebrechen. So tanzte er mit Willa einen flotten Twist und ging dabei ganz tief in die Knie. Runter, rauf, runter, rauf. Das hat die Umstehenden begeistert. Ein Mann in seinem Alter und dann so beweglich! Es sind ja nicht nur die Knie, die vielen zu schaffen machen.

Bei zwischenmenschlichen Übungen kann auch eine zunehmende Hüftsteifigkeit des Mannes sehr hinderlich sein. Dann müssen Paare erfinderisch sein. Man wächst schließlich mit seinen Aufgaben/Gebrechen.

Wir alle müssen mit zunehmendem Alter Zugeständnisse an eine wachsende Eingeschränktheit machen. – Es trifft jeden, manche früher, andere später.

Du sprichst so leise

Abgesehen von anderen Trotzreaktionen, nervt es Gila zunehmend, dass Walter nicht zum Hörtest geht. Sie: „Walter, wollen wir heute Spaghetti mit Salbei essen?" Er: „Nein Schatz, die wohnen in Köln. Das solltest du wissen." Sie: „Walter, ich habe dich zum Essen heute befragt." Er: „Ja und ich sag ja, die wohnen da nicht. Die wohnen in Köln." Sie: "Walter!" Er: „Was ist denn?" Sie wiederholt ganz laut und langsam ihre Frage. Er: „Du sprichst aber auch immer so leise und monoton!" Sie: „Vielleicht brauchst du ein Hörrohr?" Er: „Was ist mit Herrn Rohr?"

Schwerhörigkeit ist nicht lustig. Walter ist das peinlich. Darum tut er meist so, als höre er alles. Oft nickt er zustimmend mit dem Kopf. Er fragt niemals nach, wenn er etwas nicht verstanden hat. In Gesellschaft, wenn viele Stimmen durcheinander klingen, fällt es ihm besonders schwer, dem Gespräch zu folgen. Es kommt vor, dass er ein völlig anderes Thema bedient, als das, wovon gerade die Rede ist. Das ist wirklich peinlich. Mancher Schwerhörige enthält sich deshalb lieber gänzlich und meidet Feierlichkeiten. So kann Schwerhörigkeit sehr einsam machen. Dabei ist die Hörgeräteakustik heute schon sehr weit und es gibt superkleine Hörhilfen, die man nicht sieht, die aber gute Leistung bringen.

Schwer zu hören ist offenbar ein größerer Makel, als schlecht zu sehen. Über Augen-OPs wird offen und viel diskutiert. Nachdem er neue Linsen bekommen hat, sieht so manch älterer Mensch besser denn je und kann seine Brille weglegen. David erkennt nun die Lage seines abgeschlagenen Golfballes auch in 200 m Entfernung. „Ja," sagt er stolz, „man soll nur so weit schlagen, wie man gucken kann!" „Ich seh' nix", gibt Willa zu, die kurzsichtig ist. Allerdings braucht sie seit einiger Zeit keine Fernbrille mehr, da sich ihre Sehfähigkeit um mehr als eine Dioptrie verbessert hat. Die Kurzsichtigkeit hebt sich bei ihr gegen die Altersweitsichtigkeit auf.

Lesen konnte sie schon immer ohne Brille. Das hat den Vorteil, dass sie David die Speisekarte vorlesen kann, wenn der wieder seine Brille vergessen hat. Fürs Lesen braucht er sie nämlich weiterhin.

Alters–Starrsinn oder ...?

Er: „Im Spiegel steht ein Bericht über Nutrias. Nutrias sind Bisamratten und die richten großen Schaden an." Sie: „Ne, Schatz, das stimmt nicht. Nutrias sind keine Bisamratten. Die einen haben einen kantigen Kopf, lange weiße Schnurhaare, orangefarbene Zähne, Schwimmhäute zwischen den Zehen und einen runden Schwanz. Die anderen haben eine spitze Schnauze, schwarze Tasthaare, ihre Zähne sieht man kaum, der Schwanz ist rund und schuppig und sie haben Borsten zwischen den Zehen." Er: „Im Spiegel steht das aber anders." Sie: „Mag ja sein, dass das da steht, ist aber nicht richtig. – Dass die Nutrias hier nicht hergehören, das stimmt allerdings. Die kommen aus Südamerika. Die hier inzwischen Heimischen sind im Osten aus Pelztierframen ausgebrochen oder wurden in die Wildnis freigelassen." – Er: „Nutrias kommen übrigens aus Südamerika." Sie: „Das sagte ich soeben, Schatz. Hörst du mir nicht zu?"

Ist das Alters-Starrsinn, oder nur Unaufmerksamkeit, wenn dein Mann dir nicht zuhört, wenn deine Frau nur ihren eigenen Faden spinnt und auf das, was du sagst, nicht eingeht? Immer öfter stellt Willa fest, dass sie David gerade etwas erzählt hat und dieser ihr kurz darauf das Gleiche berichtet, als sei es auf seinem Mist gewachsen. Sie ist Bildungsexpertin. Ihn interessiert dieser Themenbereich nicht besonders. Wenn er allerdings darüber gelesen hat, ist das für ihn ein Grund, Willa die Welt zu erklären. Manche würden sagen, er trägt Eulen nach Athen. Willa fragt dann grinsend aber sehr interessiert „Ach, wirklich? So ist das also. Ist mir ganz neu!" Was das Schlimme daran ist? David merkt es nicht! Er registriert nicht, dass er seiner Frau ihr ureigenes Fachgebiet mit Angelesenem erklärt.

Es geht auch profaner. Er: „Immer räumst du im Geschirrspüler die großen Teller nach links und die Frühstücksteller nach vorn. Das macht man anders, das weißt du doch!" und sortiert die

Teller um. Sie: „Ich mache das eben so. Außerdem ist das doch sch..egal!" Er : „Das ist es nicht. So wie ich das mache, kann ich die Teller mit einem Griff herausnehmen." „Sie: „Ach Schatz!"

„So macht man das" – ein Satz, bei dem Willa rot sieht. „–Man– interessiert mich nicht", sagt sie, „hat es noch nie!" Diese Formulierung provoziert ihren Widerstand und häufig gegenteiliges Handeln. Es muss ein Erziehungstrauma sein, aber es ist wie es ist.

Paare sollten in ihrer Wortwahl sorgfältig sein. „Du-Bezichtigungen" sind nie gut. Er: „Immer vergisst du, den Wasserhahn richtig zuzuschrauben!" Anklage! Sie mit dem Rücken an der Wand. Was bleibt ihr, als zurückzuschießen? Sie: „Und du lässt dauernd die Zahnpasta offen liegen!" Wenn man es schafft, nachsichtig zu sein, in dem Wissen, dass man ja selbst auch nicht vollkommen ist, läuft es besser. Er: „Schatz, darf ich dich bitten, eine neue Karteikarte anzulegen?" Sie: „Ok. Was soll drauf?" Er:

„Wasserhahn fest zudrehen." Sie: „Hab ich gespeichert. – Ist ja auch Wasserverschwendung sonst."

Ein anderes Reizthema ist unsere Vergesslichkeit, die im Alter deutlich zunimmt.

Er: „Schatz, hast du an die Zitronen gedacht?" Sie: „Shit! – Hab ich vergessen".
Er hat zwei Möglichkeiten.

   1.   „Ist ja typisch! Aber an deine Pralines hast du gedacht!"

      oder aber

   2.   „Egal, dann geben wir eben Essig an den Salat."

Du siehst selbst, wohin das eine oder andere führt. Leider nützt all diese Theorie im Ernstfall wenig, hängt unsere Reaktion doch stark von unserer Tagesform ab.

Nichts müssen müssen

„Ich hab schon das Holz vorbereitet", kündigt er an. „Sonntags morgens sitzen wir nach dem Frühstück noch immer lange im Schlafanzug vor dem Kamin.

Ich lese, Gila strickt, manchmal sehen wir auch fern. Irgendwann, aber nie vor 14 Uhr klären wir dann, wer zuerst ins Bad geht. Sonntags lassen wir uns so richtig Zeit." Sie schauen einander an und lachen. Das Bild, wie die beiden im Schlafanzug durch ihr Haus wandeln, bleibt hartnäckig vor Augen. So gemütlich hat es nicht jeder. Aber es hat auch nicht jeder einen Kamin. Walter und Gisela genießen ihr wunderschönes Haus, da müssen sie nichts müssen, hier können sie ganz sie selbst sein. Ein zauberhafter Garten umgibt das Refugium. Zwischen den Pflastersteinen, die die Wege begrenzen, sprießen Kräuter. Im Sommer duftet es hier wie in der Toscana. Walter und Gisela sind seit über 50 Jahren glücklich miteinander. Eine symbiotische Verbindung, wie man sie sich wünschen darf.

Die Glucke hat Pause

„Zu Weihnachten kommen unsere Kinder", verkündet Insa. „Schlafen die alle bei euch?" will David wissen. „Ja, klar!" sagt sie. „Ich bereite noch die Räume im Keller vor, dann geht das." Die Villa ist riesig, aber 20 Personen sind ja auch nicht wenig. „Wie lange bleiben sie?" will Willa wissen. „Die meisten eine Woche", freut sich Insa. „Ah. Ja." David stellt sich vor, was abgeht, wenn zehn Erwachsene und ebenso viele Enkel zwischen einem und elf Jahren acht Tage lang übereinander kullern. Aber er freut sich für Insa und Bernd, denn ihre Kinder sind wohl geraten und sie haben ein Bombenverhältnis zueinander. Wie schön, wenn Kinder gern zurück ins Elternhaus kommen.

Willa hätte auch gern Enkel, aber ihr Sohn zeigt keine Neigung, diesem Wunsche nachzukommen. Er und seine Freundin haben total unterschiedliche Lebensrhythmen. Er will nicht mit ihr zusammenziehen, weil „geht nicht!", er will keine Kinder, weil „ist nicht meins", er will nicht heiraten, weil „muss nicht". Sie ist inzwischen fast 40 und möchte nichts dringlicher, als endlich Kinder. Jedes Mal, wenn sie Freunde besuchen und wieder jemand schwanger ist, hängt der Haussegen schief.

Überhaupt – Enkelkinder! Sie zu haben ist das eine, sie zu hüten, das andere. Hille hat fünf so kleine Racker. Sie ist 77 und unterstützt ihre Töchter wo sie kann. Und sie macht das gern. Bei den eigenen Kindern war sie jung, gestresst und ungeduldig. Jetzt, als Oma, besitzt sie die nötige Gelassenheit, auch Blödsinn und Generve der Enkel mit einem Lächeln zu ertragen. Dabei kommt heraus, dass Hille inzwischen fast einen Vollzeitjob als Kinderfrau bekleidet.

Man läuft Gefahr, ausgenutzt zu werden als Rentner. „Hille, kommst du morgen mit ins Kino?" „Nein, ich muss die Kinder hüten. Meine Tochter ist eingeladen." „Aber Donnerstag sehen wir uns doch?" "Hab ich ganz vergessen! Ich kann nicht. Carla geht ins Theater. Da hab ich die Kinder."

Manche fragen sich, ob Eltern nicht irgendwann trotz aller Hilfsbereitschaft auch an sich denken dürfen und müssen. Natürlich unterstützen wir unsere Kinder, in jeder Beziehung! Dennoch kommen manchmal so Gedanken...

Ein Leben lang sind wir für sie da. Auch wenn sie erwachsen sind, bleiben sie doch unsere Kinder. Wir machen uns Sorgen, wir kümmern uns. Wir hatten vielleicht auch Träume. Die Ausbildung eines Kindes ist nicht nur emotional, sondern auch äußerst kostenintensiv. Wenn der Abschluss gelungen, der Start ins Berufsleben erfolgt ist, hoffen wir, dass unser Nachwuchs das Beste aus diesem „Startkapital" macht. Hart, wenn seine Vorstellungen davon nicht unsere sind. Denn dann müssen wir das hinnehmen, weil wir es nicht ändern können, weil wir auch kein Recht haben, länger in das Leben unserer erwachsenen Kinder einzugreifen. In solchen Fällen ist die Kraft zum Loslassen gefragt. Dennoch ist es schwer zu ertragen, wenn das eigene Kind nicht aus seiner Haut kann und womöglich mit seinen Entscheidungen selbst nicht glücklich ist!

Vergessen wir aber bitte nicht, dass jeder Erwachsene ausschließlich selbst verantwortlich ist. Jeder kann bestimmen, wohin sein Weg ihn führen soll. Auch wenn genetische Prädispositionen dabei mitwirken. Versuchen wir Eltern also besser, unseren Fürsorgetrieb in den Griff zu bekommen. „Du hast jetzt Pause, Glucke!"

Wenn wir unser Bestes getan haben, müssen wir unsere Kinder frei geben und ihnen zutrauen, dass sie ihr Leben selbst in die Hand nehmen und das daraus machen, was sie sich wünschen.

Trotzdem sollten sie wissen, dass das Nest ihrer Eltern immer für sie offen bleibt, dass sie im Notfall zurückkommen dürfen in die Familie.

Es hilft dir auch wenig, wenn du neidisch auf die Kinder deiner Freunde schaust, die vielleicht deinen Vorstellungen mehr entsprechen, als deine eigenen. Sei nicht traurig, wenn die erfolgreicher sind, wenn sie Enkelkinder machen, wenn...

Denn alles ist so, wie es soll, alles kommt, wie es kommen muss. Jeder trägt einen Rucksack mit sich, sein Schicksal, das ein anderer lenkt. Wir müssen darauf vertrauen, dass der es gut mit uns meint, auch wenn wir es manchmal gern anders hätten und seine Wegführung nicht verstehen.

Ich hab überhaupt keine Zeit!

Wenn ich erst im Ruhestand bin, dann...
Und dann ist er da, der neue Stand. Nur die Ruhe fehlt. Wo ist sie hin? Willa fragt sich, wie sie als Berufstätige das alles schaffen konnte, was sie so macht. Sie hatte eine volle Stelle. Sie war politisch engagiert und schrieb Bücher und Beiträge für Magazine und Zeitungen. Häufig wurde sie zu Vorträgen gebeten oder zu Talk- und Radioshows eingeladen. „Nebenbei" erzog sie damals ihren Sohn Max allein. Heute schafft sie nicht ansatzweise soviel, obwohl sie nicht ¾ des Tages außer Haus ist Die Prioritäten haben sich deutlich verschoben. Sie schreibt noch immer Bücher. Sie dichtet und malt. Der Rest ihrer Zeit findet 3 mal pro Woche im Tanzstudio und 5 mal auf dem Golfplatz statt. „Was machst du heute, Willa? Wollen wir shoppen gehen?" „Ach schade, aber ich bin zum Golf verabredet." Langeweile hat Willa jedenfalls nicht. Die regelmäßige Bewegung in der Natur ist ihr ein Bedürfnis.

Natürlich lägen auch andere Dinge an, aber Willa setzt eindeutige Prioritäten. „Der Keller kann doch auch noch im Winter aufgeräumt werden, Schatz, oder?" „Brauchen wir diesen ganzen Schrutz noch, der hier in den großen Containern lagert?" „Ach, lass uns das doch später klären." „Wolltest du nicht dein Atelier aufklaren? Da stehen 20 leere Farbtöpfe rum!" „Ja, Schatz, das mache ich gleich morgen."

Die Frau hofft offenbar, dass sich diese für sie langweiligen Tätigkeiten von selbst erledigen. Willa möchte ihre kostbaren Tage nicht mit Nebensächlichem vertun. – Bis sie einen Anfall von Räumsucht bekommt. Dann ist nichts vor ihr sicher, dann stört sie die Zeitung auf dem Tisch und die Fliege an der Wand. Währen dieser Phase geht David ihr aus dem Weg und bringt alles in Sicherheit, was ihm wichtig ist.

Kaschmir muss es sein

Willa fährt im Gegensatz zu früher kaum noch in zum Shoppen. Das müsste eigentlich ihre Kasse schonen, denn während sie beim Golf den kleinen weißen Ball über das Grün jagt, kann sie ja nichts ausgeben. Die Pension eines Beamten beträgt erheblich weniger als sein Endgehalt. Willas Konto ist deshalb immer in Gefahr. Zu häufig läuft ihr eine interessante Klamotte über den Weg. Sie verbringt Stunden vor dem Rechner und ist bestens informiert, was auf dem Markt Trend ist. Sobald irgendwo ein Sale stattfindet, weiß sie es. Sie liebt schöne Kleider und das schon immer. Mit sicherem Händchen greift sie die teuersten Stoffe. Nun, als Pensionärin braucht sie erheblich weniger Businessgarderobe, weshalb sie diese recht erfolgreich second hand verkauft. Motto: Alles muss raus! – Wenn David sich aber Hoffnung auf Platz in seinem Schrank gemacht hat, in den Willa noch einiges ausgelagert hat, weil ihr Schrankzimmer zu voll war, sieht er sich getäuscht. Für jedes Teil, das das Haus verlässt, kommen zwei Neue. „Ich brauche jetzt ganz andere Kleidung, David. Das wirst du einsehen müssen." „Du hast doch mehrere Abendkleider, Schatz. Da muss kein Neues mehr her, oder?" „Erstens kann ich leider zum Ball nicht zweimal hintereinander das gleiche Kleid anziehen, das verstehst du? Zweitens ist das Blaue ärmellos. Das geht nicht mehr mit meinen Oberarmen. Da wäre dann noch das Helle, aber das ist rückenfrei, was mit dem Rücken einer fast 70jährigen schon überhaupt unmöglich ist.

„Ich darf aber doch den gleichen Smoking anziehen, oder?" „Nun werde bloß nicht komisch!"

„Entschuldige, Schatz, aber dann wäre vielleicht doch das vom letzten Jahr ganz gut, oder? Das hatte doch lange Ärmel und hochgeschlossen war es auch."

Überhaupt ist Kleidung für Damen über 60 so eine Sache.

Manche haben das Glück oder die Disziplin, sich ihre jugendlich schlanke Figur bis in dieses Alter bewahrt zu haben. Da verlockt es, auch jugendliche Klamotten daran zu hängen. „Wer Gr. 36 hat, kann alles tragen." – Besser nicht! Das gilt nun definitiv nicht mehr.

„Von hinten Lyceum, von vorne Museum!" Dieser Spruch kann schmerzen, wenn man sich vergriffen hat. Wenn Oma sich in knallenge Jeggings pellt und womöglich noch Overknee-Stiefel dazu trägt, ist das wenig cool. Auch die Röcke sollten jetzt besser knapp unter dem Knie als 20 cm darüber enden, wenigstens, wenn Oma keine Strümpfe trägt. Die Beine älterer Damen können noch so schön geformt sein, lila Besenreiser und Krampfadern sind einfach nicht attraktiv. Auch das rückenfreie Abendkleid kann sie jetzt verkaufen, denn es sieht nicht gut aus, wenn über die Korsage eine Hautrolle lappt. Die Haut verliert im Alter eben deutlich an Spannung. Von faltigen Decolletées mit Altersflecken wollen wir bitte gar nicht erst reden! Langer Rede, kurzer Sinn: Großmütter – auch die ohne Enkel! – mit Stil sind im Freilegen ihres Körpers zurückhaltend!

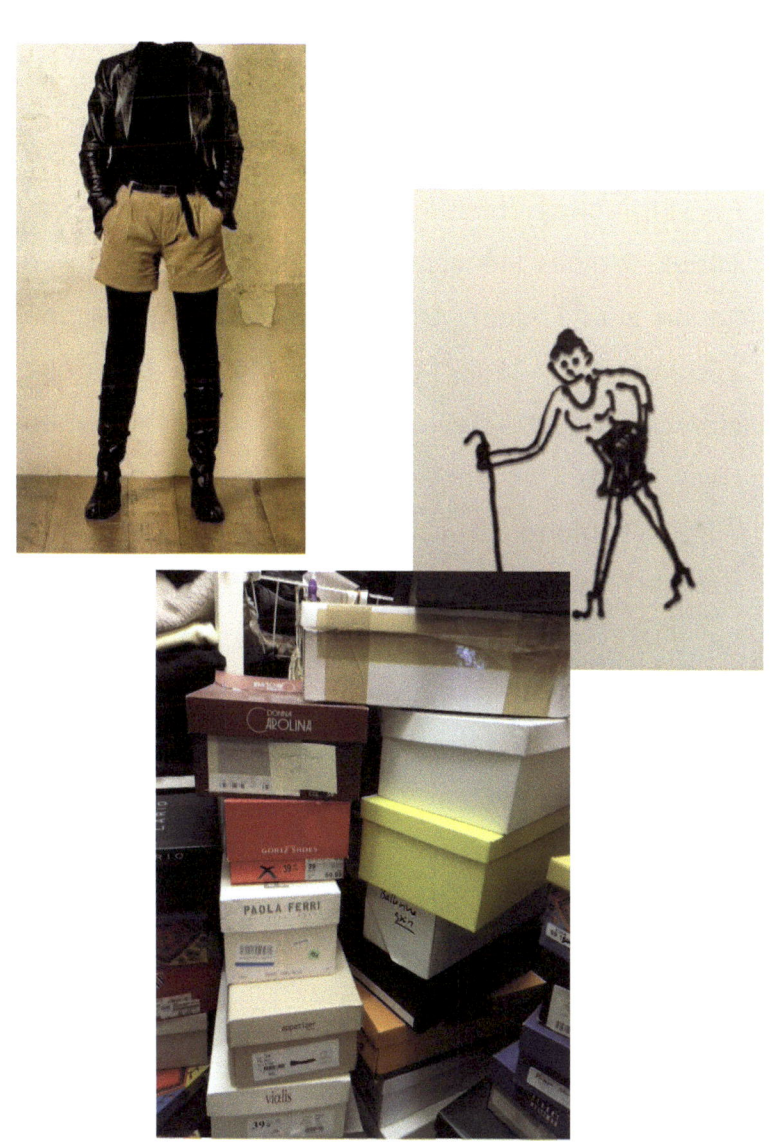

Wer schön sein will, ...

Manche Geldausgaben bleiben auch nach der Berufstätigkeit bestehen, unabhängig von der Tätigkeit eines Menschen. Alle müssen essen. Alle gehen zum Friseur. Dass David alle 6-8 Wochen 25€ bezahlt, Willa hingegen 125€, ist ganz einfach erklärt: David steht zu seinem weißen Haar. Er lässt es trocken schneiden. Basta.
Willa ist blond. Das möchte sie auch bleiben. Natürlich nicht irgendwie blond. Nein, es muss hell Platin sein. Aber bloß nicht so ein kaltes, da muss noch Kupfer rein und natürlich helle Lichter in Form von Strähnchen! Dann eine Packung, damit es dem Haar gut geht, Waschen und Föhnen. Dafür sind 125 € doch fast geschenkt, oder?
Thema: Hautpflege.   David schwört auf Nivea. „Hab ich schon immer genommen, ist das Beste!"   „Die   geht   nicht   unter   Make-up", behauptet Willa, „das wird fleckig". Was der Grund dafür ist, dass sie diese supertolle

japanische Gesichtscreme braucht – seit nun fast 30 Jahren! Und man sieht es tatsächlich. Die Frau hat eine wunderbare Haut. Ob das allerdings der teuren Creme geschuldet ist oder den guten mütterlichen Genen, sei dahingestellt.

FDH

Auf ihre Ernährung achten auch junge Leute, aber Menschen, die viel Zeit haben, wie manche Rentner und Pensionäre, umso mehr. Natürlich müssen Prioritäten gesetzt werden und die finanzielle Lage bedacht sein. Während einige eine so kleine Rente beziehen, dass sie rechnen müssen, damit es reicht, sagen andere voll überzeugt „Wir kaufen nur Bio. Darauf legen wir großen Wert. Muss man ja auch, wenn man gesund älter werden will." – Na ja. Mancher sieht nicht ganz ein, dass die schrumpeligen Bio-Möhren erbärmlich aussehen und dafür 3 € mehr kosten sollen.

Worauf Ruheständler aber immens achten müssen, ist ihr Gewicht. Wer bis dato permanent Bewegung hatte, sollte seine Nahrungsaufnahme wohl drastisch reduzieren. Ca. ein Drittel der bisherigen Nahrungsmenge dürfte für die meisten über 65 Jährigen ausreichen, wenn sie auf der Skala der Kleidergrößen nicht um mehrere Stufen nach oben klettern wollen. Schließlich geht es ja nicht nur um die Optik. Auch Herz und Kreislauf, sowie die Gelenke werden durch Übergewicht unnötig belastet. Das Schlimmste, wenn es denn doch passiert und du dich schon fühlst wie ein Weinfass mit Rettungsring, sind Komplimente. „Ach, das steht dir aber gut! Du siehst jetzt viel wohler aus." Dann hörst du heimliche Erleichterung aus ihren Worten. Erleichterung darüber, dass du, nun endlich auch zu den aus dem Leim Gegangenen gehörst.

„Ich hab da jetzt von so einem Schlank-Mittel gehört, das superschnell das Gewicht reduzieren soll." Das Geschäft mit der Hoffnung, die bekanntlich zuletzt stirbt, blüht. Meine alte Mutter reagiert auf solche Versprechen völlig cool. „FDH, mein Kind. Friss die Hälfte." Andere halten von diesem Motto wenig. Sie verfahren eher nach dem >Lichtprinzip<: „Iss Schokolade nur im Dunkeln, dann finden dich die Kalorien nicht!"

Auffällig ist, dass die durchtrainiertesten Kerle plötzlich Wulste über dem Gürtel zeigen. Bei vielen geht damit der Verlust der Silhouette einher, will heißen, der bis dato von Frauen als Knackarsch bewunderte Körperteil mutiert zu einem bemitleidenswerten, sich ängstlich von hinten an die Oberschenkel klammernden Pfannkuchen.

Frauen, die einst mit stolzer Körbchen-Größe „DD" beeindruckten, machen nun mit dem Gesetz der Erdanziehung Bekanntschaft. Das Bindegewebe macht sich auf den Weg nach Süden und das Gemeine ist, dass es nicht wieder nach Hause findet! Natürlich haben wir Frauen es leichter als Männer, es mit Tricks wieder einzufangen. Da gibt es Push-up BHs, Push-up Strumpfhosen, Shaping Unterwäsche und so einige kleine Schummelhilfen. Übel nur, wenn sie sich in intimer Umarmung ungewollt outet, weil nun die Ersatzteile zutage treten und die Fakten für sich sprechen.

Aber ehrlich, immer zu darben macht überhaupt keinen Spaß. Wenn du dir ab und zu etwas richtig

Ungesundes gönnst, ist das voll OK. Genuss ist wichtig, denn er macht glücklich. Glückliche Menschen werden seltener krank.

Schönheitsreparaturen

Wenn denn überhaupt nichts mehr hilft, sind Korrekturen die letzte Hoffnung. Für Bettina, die gerade 51 geworden ist, nichts Ungewöhnliches mehr. Alle paar Monate lässt sie ihre Falten aufspritzen. „Warum auch nicht?" fragt sie, „wenn das was bringt?" Bedenklich, dass die Linien in ihrem Gesicht in diesem Alter schon so zahlreich sind. Wie wird sie das mit 60 oder 70 regeln?

Christine schwört auf Botox. Mit Kolleginnen ging sie regelmäßig alle paar Wochen in der Mittagspause zum Spritzen. Das macht sie jetzt so weiter. Dass ihre Stirn beim Lächeln steif bleibt und ihr Mund nicht mitlächelt, weil er gar nicht kann, nimmt sie in Kauf. Fest steht, die Haut bleibt durch das Gift eine ganze Weile glatt.

Mancher Frau reicht schon ein Permanent-Make-up, um sich im Alter schöner zu fühlen. Das Sonderangebot um die Ecke sollte man allerdings genau prüfen. Wenn die Augenbrauen wie zwei schwarze Balken über den Augen drohen oder womöglich plötzlich pink sind, wird einem die Bedeutung des Wortes „permanent" schmerzlich bewusst. Die Konturenlinie um die Lippen ist auch sehr beliebt. Sie muss allerdings gekonnt sein. Wenn die Plisseefalten um den Mund einer älteren Frau zu dunkel betont werden, erinnert das leicht an einen Karpfen, der in einen Stacheldraht gebissen hat.

Sonderbar findet mein Mann die künstlichen Fingernägel der nachbarlichen Putzhilfe. Laura ist 62 und ihre Nägel sind ihr heilig. Superlang, superschön lackiert, mit Strasssteinchen und Mustern verziert, krallen sie sich in den Wischlappen. Eigentlich praktisch, denn diese künstlichen Krallen sind resistent gegen Spliss durch Wasser und Lauge. Vielleicht sollte ich auch...

Wenn die 65 erst überschritten ist und der Körper langsam aus der Form rutscht, kann damit nicht jeder umgehen. Kaum jemand entgeht jedoch dieser Entwicklung. Es liegt offenbar in der Natur des Alterns.

Wer die finanziellen Möglichkeiten hat, kann den Weg zum Chirurgen gehen. „Ne," findet Bettina, „das trau ich mich nicht!" Sie hat auf YouTube ein großes Facelifting angesehen. „Stell dir vor, da machen sie zuerst einen Schnitt am Haaransatz lang, vom Scheitel bis unter das Ohr. Dann heben sie die Haut vom Gesicht ab bis zur Nase. Der Arzt hat also praktisch dein halbes Gesicht in der Hand! Wenn Fettreste uns Unebenheiten abgeschält sind, zieht er die Haut wieder straff über diese Gesichtshälfte und näht sie fest. Was übersteht, wird abgeschnitten. Dann kommt die gleiche Prozedur noch einmal für die andere Hälfte. Es sieht aus, als ob du Klarsichtfolie über einen Kohl ziehst! – Echt gruselig!"

„Ich hab mal gesehen, wie Reiterhosen am Oberschenkel entfernt werden", ergänzt Gisela, „das ist richtig schlimm! Sieht aus, als bohre der Chirurg mit einem Staubsaugerrohr unter der Haut herum. Das abgesaugte Fett sammelt sich in einem großen Behälter. Was machen die damit eigentlich? – Aber sag mal, kann man gegen diese hässlichen German Wings eigentlich was tun?" „German Wings?" „Ja, diese wabbelnden Lappen an den Unterseiten der Oberarme. Ich kann schon keine ärmellose Bluse mehr anziehen, geschweige denn ein Ballkleid. Meine Arme sind total dellig und unten wackelt es bedenklich." – „Ach die! Die hatte ich im Ansatz auch schon. – Ich mache jetzt täglich Liegestütze und jeden Abend arbeite ich mit Hanteln und Curls. Es wirkt, sieht jetzt schon besser aus, schau!" und zeigt stolz ihre Oberarme. „Toll! Das mach' ich auch" tönt es aus aller Mund zugleich. – Ob die Disziplin ausreichen wird?

Elvira ist prinzipiell gegen alle chirurgischen Eingriffe. Nur eine Lidstraffung hat sie machen lassen. „Aus medizinischen Gründen!" wie sie versichert. Ihre starken Schlupflider hatten inzwischen die Sicht auf dieses wunderschöne Leben eingeschränkt. Wie Jalousien waren sie von Jahr zu Jahr tiefer vor ihre Augen gerutscht. Sie hat ein Sonderangebot wahrgenommen, und nun für 1200 € wieder freie Sicht.

Bernd sieht plötzlich irgendwie anders aus. Seine Freunde rätseln, woran es liegen könnte. Dann kommt einer drauf. Bernd hatte schon lange eisgraues Haar gehabt. Nun ist es irgendwie rötlich braun! „Was hast du mit deinen Haaren gemacht, Alter?" wagt einer sich vor. „Das war ganz leicht: >Farbrückführung< heißt das Zauberwort!. Schon ist das Grau weg!" – Schade eigentlich.

Jochen kann sich mit seiner wachsenden Glatze nicht abfinden. Haartransplantation kommt wegen der großen kahlen Fläche nicht mehr infrage. „Soll ich mir ein Toupet machen lassen?" fragt er seine Frau. Die ist vorsichtig geworden, denn die Empfindsamkeit älterer Männer ist nicht zu unterschätzen. „Ich finde ja, dass es bei Männern nicht auf die Haare ankommt, Schatz. >Mann< müssen sie sein. Nur das ist interessant. Nicht Haare." – Lernen Frauen Diplomatie oder ist das genetisch?

Wie geht man also am besten mit dem Unvermeidlichen um?

Feste Regeln gibt es nicht. Aber einige Grundsätze kann man berücksichtigen:

° Abwechslungsreiche Ernährung

° viel Trinken

° ausreichend Schlaf (damit sich Körper und Gehirn neu sortieren können – Reset, wie beim PC!)

° tägliche Bewegung (einmal so richtig austoben)

° Gymnastik (um beweglich zu bleiben und gegen Chicken Wings unter den Armen)

Fit im Kopf

Denken ist uns Menschen eigen. Wir können es nutzen oder lassen. Fest steht jedoch, dass unser Gehirn sich ständig neu vernetzt, wenn wir es beanspruchen. Wer im Kopf fit bleiben möchte, kann das unterstützen. Dazu gibt es vielfältige Wege:

° Kreuzworträtsel
° Sudoku
° Puzzlen
° Karten spielen
° Lesen
° Sprachen lernen
° Tanzen
° Golf spielen
° Jeglicher Sport
° Malen
° Schreiben
° Reisen
° und wahrscheinlich fällt dir ganz viel mehr ein

Wichtig ist, dass du sich traust zu fragen, wenn du etwas nicht weißt oder es vergessen hast. Dein Werkzeugkasten im Kopf muss immer in Bewegung bleiben.

Ausschließlich Fernsehen kann es ja nicht sein! >Rote Rosen, Verbotene Liebe und Lindenstraße< bewegen wenig.
Durch TV am Leben anderer teilzunehmen, enthebt dich nicht der Notwendigkeit deinen eigenen Alltag zu gestalten.

Es hilft auch, wenn du deinem Geist das eine oder andere Rätsel aufgibst. Schreib doch mal mit links/rechts. Oder stell dich mit gekreuzten Beinen hin und verflechte die Arme. Dann gibst du deinem Körper einen Auftrag: Bewege den rechten Fuß und den linken kleinen Finger. Wenn er das schafft trotz deiner verknoteten Extremitäten, vernetzt er dabei jedes Mal eine kleine Stelle im Gehirn neu.

Du musst dir keine Sorgen machen, wenn du ab und an etwas vergisst oder dir ein Wort nicht einfällt. Das ist normal und nicht von Bedeutung.

„Wie hieß nochmal dieser Schauspieler – du weißt doch, der mit den Dosensuppen. Mir fällt schon wieder der Name nicht ein!" – „Paul Newman?" – Letztens beim Italiener: „Signora, außer der Karte haben wir heute noch Seezunge, Osso Buco,. Antipasti misti...." Sie: „Ich nehme ... ? ..also ich nehme.....na, diesen langen, platten Fisch." – „Seezunge?" – „Genau."

Oh, Mann, das kann noch lustig werden.

Rommée

Seit ich Rommée spiele, kann ich besser kombinieren. Offenbar trainiert das meine Fähigkeit logisch zu denken.

David und Willa spielen zu Hause auch zu zweit. Sie geben Karten für vier Personen aus und spielen jeder mit zwei Blättern. Natürlich spielen sie um Geld. Pro verlorenem Punkt zahlen sie einen Cent. Es kommt richtig was zusammen, denn eine Hand verliert ja immer. Die Spielekasse ist dazu da, Unternehmungen oder kleine Urlaube zu finanzieren. So tröstet David sie gern, wenn sie wieder hoch verloren hat „Ist doch für nen guten Zweck, Schatz." Neulich ist ihr allerdings die Sicherung durchgebrannt. Den ganzen Abend hatte ihr Liebster super Blätter, während sie mit ihrem Gemisch von Karten nur verlor. Ihre Laune war schon unter dem Teppich, als David, nachdem sie gerade die ersten 14 Karten aufgenommen hatte, Hand und Schluss machte. Sie hatte also 28 Karten auf der Hand, die nun auch noch doppelt zählten. Das war einfach zu viel. Vor Wut über soviel unverdientes Glück schmiss sie ihm die Karten vor die Füße. Und dann fragte er noch „Und wie viele Punkte darf ich dir aufschreiben?" Das war einfach zu viel!

..und mit Freunden

Es ist schon 1:00 Uhr. Sie spielen mal wieder Rommée mit Gila und Walter. Das tun sie umschichtig, mal hier, mal da. Jedes Mal geht ein leckeres Essen voraus. Danach wird bis in die Nacht gespielt. Ab und zu hauen sie die Kasse auf den Kopf, machen davon kleine Reisen oder gehen nobel essen.

Walter gewinnt heute, wie so oft. Warum das so ist, kann sich keiner erklären. Es treibt den einen oder anderen jedenfalls zur Weißglut. Wenn er schlechte Karten hat, wird er gern ein wenig unleidlich. Zum Glück kommt das nur äußerst selten vor. Zwischendurch fährt er wie ein jugoslawischer Hütchenspieler mit den Fingern über die Karten auf dem Tisch. „Ja," sagt er, „das mach ich mal so - und die hier kann ich auch gebrauchen – ach, da geht ja noch was! – So, und nun mach ich Hand." Die anderen schauen einander an. Geht's noch? Der hat so ein Glück!

Nicht einsam, sondern gemeinsam

David ist eine Leseratte. Er kann stundenlang im Ohrensessel sitzen und lesen. Bücher haben den großen Vorteil, dass sie dich in eine andere Welt entführen und deine Fantasie reizen. Dabei ist es fast egal, was du liest, Hauptsache, es fasziniert dich. Wenn er ein Buch gut findet, liest Willa es meisten auch, so dass sie sich anschließend darüber austauschen können. – Gemeinsames ist wichtig.

Bernd hatte Ballettkarten besorgt. Er interessiert sich nicht für Tanz, aber für seine Frau tut er alles. Schade nur, dass die Plätze im 4 Rang ganz links waren. Die Vorstellung hatte schon so zehn Minuten gedauert, bis das erste Mal ein paar Füße in Augenhöhe unter dem Geländer erschienen. Nur ganz kurz waren sie zu sehen, tam, tam, tam – und weg waren sie wieder. Wie gern hätte sie die Tänzer gesehen. Im 4. Rang kann man super hören, aber eben nicht gut sehen. Sie weinte vor Enttäuschung und beide verließen das Opernhaus in der Pause. Es war ein Versuch in Kladde. Aber der gute Wille zählt und sie hat ihm verziehen.

Peter liebt Rockmusik. Als er vom „27th Club", einer Hommage an all die jungen Musiker, die mit 27 Jahren verstorben sind, hörte, besorgte er sofort Karten für sich und seine Frau. Am nächsten Tag fragte sein Kompagnon wie es ihm gefallen habe. „Weiß ich nicht", kam übel gelaunt, „Thea war es zu laut. Wir sind nach dem 2. Stück gegangen." – Oh ha.
Man darf sich fragen, ob man jenseits der goldenen Hochzeit den Geschmack des Partners nicht kennen müsste. Alternativ sollte man in einer Situation wie dieser in Erwägung ziehen, dem anderen den Genuss zu lassen und einfach heimwärts fahren oder mehrere Gläser Wein mit dem Barkeeper auf das Ende der Vorstellung trinken. Gemeinsam kann man ja anschließend noch anderes tun...

Gemeinsam – das ist so ein Zauberwort. Walter und Gila denken darüber nach, ihr großes Haus zu verkaufen. Sich zu verkleinern, weniger Arbeit mit dem Garten zu haben, ist eine charmante Vorstellung. Gila erzählt von einer Freundin, die jetzt in eine Alten-WG gezogen ist. Jeder hat dort ein großes Zimmer für sich. Bad und Küche teilen sich vier alte Damen. Auch ein befreundetes Paar ist diesen Schritt gegangen. Sie sind in ein großes Haus gezogen, haben dort eine Zwei-Zimmer Wohnung, wie zwei weitere Paare auch.

Es gibt einen Gemeinschaftsraum und ein weiteres Zimmer für eine Pflegerin, sollte es einmal nötig sein.

Jeder kann dort seinen Belangen nachgehen, hat aber immer die anderen in seiner Nähe. Unternehmungen werden gemeinsam geplant oder auch Urlaube erleichtert, indem die anderen den Hund oder die Katze hüten.

Herbst und was dann?

Nebel am Morgen

Feucht ist es und kalt

Mache mir Sorgen

denn bald

wird der erste Frost

den Boden gefrieren

Bleibt nur ein Trost:

Eisblumen zieren

Fensterscheiben.

Kinder hauchen gegen Glas

dürfen drinnen bleiben

wissen, dass

Eisblumen auf diese Weise

schnell vergehen

ganz still und leise

nicht mehr zu sehen.

Ein Jahr geht zu Ende

Du hältst es nicht auf

Es kommt die Wende

Und darauf

ein neues Jahr

Alles von vorn

und fürwahr

wie neu gebor'n

der Himmel strahlt

herrlich blau

klirrend kalt

doch schau

ein Jahr zusammen

zu jeder Jahreszeit

unsere Herzen in Flammen.

Endlich Zeit für Reisen

Mit dem Eintritt in den sogenannten Ruhestand, hat man faktisch gesehen mehr Freizeit als im Berufsleben. Endlich kann man das tun, wozu man Lust hat und sogar wann man Lust hat. Viele möchten jetzt reisen und die Welt kennenlernen, zumal sie von nun an nicht mehr auf Urlaubs- oder Ferienzeiten angewiesen sind. Außerhalb der Saison sind die Preise moderater, was dem Portemonnaie durchaus entgegenkommt. Auch unsere dritte Lebensphase ist ja praktisch gesehen so etwas wie die Nachsaison (Schöne Metapher, gell? Sie ist einer guten Freundin eingefallen.)

Schön, wenn Paare sich einig sind, wohin die Reise gehen soll. Dumm, wenn ihre Wünsch total konträr laufen und sie von nun ab getrennte Urlaube verbringen und sich Ansichtskarten schreiben oder per App Fotos austauschen.

Petra möchte gern nach Irland fahren. Dieses Land fasziniert sie schon lange. Ihr Gatte teilt dieses Interesse nicht. Er schlägt eine Fahrt durch das Ruhrgebiet vor. – Tja.

Willa und David machen zusammen Golfreisen. Dafür kommt jedes Ziel infrage, da der Fokus auf dem Golfspielen liegt.

Walter und Gisela schwärmen für Kreuzfahrten, neuerdings auch für Flussfahrten, die den Vorteil haben, nicht so überlaufen zu sein. Die Schiffe sind überschaubar und es besteht nicht die Gefahr, sich an Bord zu verirren.

Ella ist Witwe. Gern reist sie mit dem Bus. Das ist bequem. Sie wird zu Hause abgeholt und wieder abgeliefert. Für das Gepäck ist gesorgt. Fast jedes Mal lernt sie nette Mitreisende kennen. Allerdings gibt es für diese Gemeinschaftsreisen Verhaltensregeln. So sitzt Ella zum Beispiel bei jeder Reise nicht weit hinter dem Fahrer. Wenn sie die Zweierbank nicht für sich allein hat, belegt sie den Platz am Gang. Der Grund ist einfach. Von dort ist sie sehr schnell am Ausgang. Wenn der Bus eine Pinkelpause macht, können Minuten zählen. Bis sich 50 alte Menschen erhoben und aus dem Bus bewegt haben, versagt so manche Blase. Du findest das Thema Inkontinenz peinlich? Na ja, schön ist das auch nicht. Fest steht jedoch, dass viele Frauen jenseits der 60 von diesem Problem betroffen sind. Vor einer OP schrecken manche zurück und auch eine Behandlung mit Botox ist special. Dass ältere Männer häufiger ihre Blase entleeren müssen, als jüngere, ist sowieso bekannt. Allerdings ist der männliche Anteil an diesen Reisen weitaus geringer, als der weibliche.

Thea reist schon seit Jahren immer wieder in die Dominikanische Republik. Sie liebt das Klima, den Strand und das Mehr. Ja, das Mehr. Hier am Meer verbringt sie wunderbare Monate, denn hier trifft sie seit Jahren Ramon, das Mehr in ihrem Urlaub, wahrscheinlich zwischen 45 und 60 Jahre alt und gut gebaut, wie man so sagt. Eigentlich weiß

Thea nichts über ihn. Und das möchte sie auch nicht ändern. Fest steht, dass er jedes Jahr die drei Monate, die sie hier verbringt, bei ihr lebt. Thea genießt diese Zeit sehr. Natürlich hat dieses Arrangement auch einen Preis. Gern würde Ramon Thea nach Europa begleiten, was für sie jedoch völlig ausgeschlossen ist. Das möchten auch die anderen Europäerinnen nicht, mit denen Thea inzwischen befreundet ist. Dafür kaufen sie den Männern, was sie brauchen. Sie wissen, dass ihre Lover Dienstleister sind, die nach ihrer Abreise andere Touristinnen beglücken. Auch das geht für sie in Ordnung. Was zählt ist nur die schöne Zeit, in der sie von diesen Männern verwöhnt werden. Ein Sachaustausch in Zweckgemeinschaften.

Feiertage

Ein Tag wie Silvester gewinnt für manchen älteren Menschen mit den Jahren an Bedeutung und zwar nicht, weil er Raketen abfeuern oder vielleicht sogar Knallkörper zünden möchte.– Wie geht es dir damit?

Schon Monate im voraus machen sich Willa und David Gedanken, wie sie diese Nacht verbringen könnten. Wie häufig die Frage von Bekannten kam „..und was macht ihr Silvester?" haben sie vergessen. Eigentlich unterscheidet sich dieser Tag nur wenig von seinen 364 Brüdern. Und doch wollen wir ihm gern eine besondere Note verpassen, denn er ist der Letzte in jedem Jahr. Er macht deutlich, wie schnell die Zeit vergeht. Er macht Hoffnung, dass im kommenden Jahr alles besser wird. Einige Variationen der Silvesterabendgestaltung liegen hinter ihnen. Im letzten Jahr buchten sie ein Musical mit Galadinner. Nach Mitternacht sollte der zweite Teil der Aufführung das neue Jahr starten. Sie hatten nicht erwartet, dass das Essen so gut sein würde und waren begeistert. Das Musical gefiel dann überhaupt nicht, wurde doch ihre Erwartung, dass Darsteller singen können müssten, schwer enttäuscht. Zur Halbzeit, gegen 23:30, unterbrach man die Darbietung. Im Foyer wurden Sekt und Berliner angeboten. Ungenießbar, beides. Willa und David schauten einander an, nickten unisono mit dem Kopf und David holte ihre Mäntel. Sie verließen das Theater, eilten zum Auto und fuhren heim. Mitten in einem Tunnel läutete es dann zum Jahreswechsel. Sie hielten an, dort, wo normalerweise der Verkehr Tag und Nacht braust, küssten sich, wünschten einander ein Gutes Neues Jahr und fanden das alles irre komisch. Die restlichen 15 Kilometer schwarzer Asphalt, gehörten ihnen dann allein. No cars – eine Geisterfahrt!

Ein anderes Silvester verbrachten sie in einem Hotel bei einem Ball. Auch schön, aber das

Durchschnittsalter von geschätzten 75 Jahren behagte nicht so richtig.

Dieses Jahr machen sie mal etwas ganz anderes. Sie bleiben zu Hause und kochen selbst. Das Dinner genießen sie an festlich gedeckter Tafel in Abendgarderobe. Ganz intim, ganz in Ruhe.

Mit Geburtstagen verhält es sich nicht viel anders. Viele ältere Leute ignorieren diesen Tag geflissentlich oder tun zumindest so, als wäre er nichts Besonderes. Wer möchte das Altwerden feiern? Wer würde nicht die Zeit, in der es ihm noch gut geht, am liebsten anhalten? Vereinzelt gibt es allerdings Menschen, die keine Gelegenheit zur Party auslassen. Erik ist so einer. Er nutzt solche Tage regelmäßig, um möglichst viele Freunde und Bekannte zusammenzubringen und zu treffen. Auch die, die selbst vor der Ausrichtung solcher Feiern zurückschrecken, verlassen sich darauf. „Wir sehen uns bei Erik.“ Da es dem Mann nicht an Möglichkeiten mangelt, versucht er jedes Jahr etwas ganz Besonderes auf die Beine zu stellen. Das können illustre oder auch abwegige Orte sein.

In einem Jahr – welcher Geburtstag war das doch gleich – traf man sich zum Golfen auf Malle. Da hat Erik ein Haus direkt am Golfplatz, was den Gästen nach dem Spaß-Scramble Turnier offen stand. Ach ja, es war sein 65.! Ein anderes Mal traf man sich mitten in einem Wald an einem kleinen Flusslauf. In der Einladung hatte „rustikale Kleidung" gestanden. Wer das nicht ernst genommen hatte, sah sich nun in einer prekären Lage. Am Ufer lagen einige Ruderbote... Ca. 2 Stunden flussabwärts traf man sich in einem Zeltlager, wo dann die Geburtstagsparty mit DJ und Tanz am Lagerfeuer stattfand. Gegen Morgen fuhr ein Shuttle die Gäste zurück in ihre Unterkünfte.

Nun hat nicht jeder diese Möglichkeiten. Ist auch nicht nötig, denn gute Parties kann man auch mit kleinerem Einsatz haben.

Bea hatte letztes Jahr an den Elb-Strand eingeladen. Jeder Gast brachte statt Geschenk etwas zu essen oder zu trinken mit. An einem mit Fackeln erleuchteten Strandabschnitt feierten sie bis in den Morgen. Es war nicht nur eine Party, es war auch gemütlich und romantisch und die Gelegenheit zu tiefgründigen Gesprächen.

Lisa feiert am liebsten allein. An diesem Tag gönnt sie sich jedes Jahr ein besonderes Erlebnis. Sie ist der Ansicht, dass ihr Geburtstag ausschließlich ihr gehört. Ihre zahlreichen Freunde lädt sie zu anderen Zeiten ein, nie aber mehr als acht. Lisa möchte sich gern ausführlich mit allen unterhalten, was bei großen Feiern immer zu kurz kommt.

Fred hatte einen schweren Unfall. Dabei verlor er ein Bein und wäre fast gestorben. Als er wieder soweit hergestellt war, dass er am Stock mit der Prothese laufen lernen konnte, spielte plötzlich sein Herz verrückt. Er brauchte einen Stent. Nun geht es ihm gut und er fühlt sich wie zum dritten Mal geboren. Fred ist ein unglaublich positiver und fröhlicher Mensch. Er ist beliebt bei seinen

Freunden, die er an seinem Glück teilhaben lassen möchte. Er darf weiterleben! Seine Haltung schafft Bewunderer. Von ganzem Herzen. Fred freut sich schon heute auf seinen nächsten Geburtstag. Und alle werden kommen!

Seniorentreff

Ist ein Seniorentreff etwas für dich? Die Klientel, die sich dort einfindet, ist zwischen 60 und über 90 Jahre alt. Wer Gemeinschaft sucht und nicht allein sein möchte, findet hier eine gute Anlaufstelle. Es wird gespielt, geklönt, gemeinsam gefrühstückt. Freundschaften werden geschlossen. Menschen, die allein sind, treffen hier auf andere, die das gleiche Schicksal tragen. Man fängt einander auf, man versteht. Fairerweise muss man erwähnen, dass sich Frauen eher trauen, den Schritt über die Schwelle zu wagen.

Unlängst ging es um das Thema Einkaufen. Alma wohnt in der 2. Etage. Da sind ihr die Einkäufe so manches Mal zu schwer. Sie muss zwei oder drei Mal die Treppen hinauf, um alles nach oben zu tragen. Ihre Tochter bot an, ihr zu bringen, was sie braucht, aber das lehnt Alma bisher ab. „Ich bin ja noch nicht alt!", sagt sie. Stimmt. Sie ist erst 89 Jahre alt. Auch der Rat von anderen, einen sogenannten Hackenporsche anzuschaffen stieß auf wenig Gegenliebe. „Da muss ich womöglich rückwärts die Treppen rauf und Krach machen die auch!", gibt Alma zu bedenken. Dass schon viel Jüngere so einen Trolley zum Einkaufen verwenden, ist ihr piepsegal.

Diese Einrichtungen für Senioren haben unterschiedliche Namen. Man erfährt sie im Internet, im Bezirksamt oder auch in der Gemeinde. Ein besonders sympathischer Name steht für eine solche Einrichtung in Hamburg: „Treffpunkt Älter werden". – Schön, nicht?

Man sollte jedoch nicht verschweigen, dass es auch dort, wie in jeder Gemeinschaft, wo Menschen aufeinandertreffen, nicht immer ohne Probleme abgeht.
Ein neuer Mann ist seit zwei Wochen dabei. Männer sind deutlich in der Unterzahl! – Erika hat sich in ihn verguckt. Er ist zwar erst Anfang 70 und sie schon über 80, aber egal. Die anderen beobachten das mit Skepsis. Beim Rummicup

schummelt er gern. Erika deckt das und nimmt ihn in Schutz. „Ach, lass ihn doch."

Jeder, der hier neu ankommt, muss sich in die Gepflogenheiten einfügen. Darauf bestehen die Alteingesessenen. Da kann es schon mal zu verbalen Rempeleien kommen. Irmgart, ganz neu in diesem Kreis, sortiert die Steine beim Rummicup erst einmal um. „So spielen wir das hier nicht," eröffnet Alma ihr die Regeln. „Ja, aber ich kenn das so", wehrt sich die Neue. „Das mag ja sein", antwortet Alma, „aber hier gelten unsere Regeln. Wenn dir das nicht passt, spielst du eben nicht mit." – Das ist hart. Aber die Alten haben gelernt, sich nicht die Butter vom Brot nehmen zu lassen. Manche sind mit der Zeit erst durchsetzungsstark geworden. Alma, die hier so vehement auftritt, spielte als Kind nach ihrer jüngeren Schwester nur die 2. Geige. Ihre Ehe tat ihr dann gut. Ihr kontaktfreudiger, äußerst intelligenter und liebenswerter Mann war ein Multitalent. Sie schaute zu ihm auf. Nach seinem Ableben wäre sie ihm gern einfach gefolgt. Aber dann riss sie sich zusammen – Disziplin hatte sie ja gelernt – und nahm sich vor, dass sie es schaffen würde. Und das hat sie, auch wenn es für die, die mit ihr zu tun haben, heute nicht immer leicht ist.

Im Seniorentreff gibt es gern einmal Gezicke, was auch daran liegt, dass der Frauenüberschuss einfach gewaltig ist. Und „die Zicke" ist eben weiblich.

Ordnung muss sein!

Wohl dem, der einen Garten sein Eigen nennen kann. Sorgt ein solcher doch für permanente Bewegung an frischer Luft. Das sagt Hardy, unser Nachbar auch. Hardy kennen wir nur im Blaumann. Ob er auch andere Garderobe hat, entzieht sich meiner Kenntnis. Gleich nach dem Frühstück wieselt der Mann durch seinen Garten, immer auf der Suche nach vorwitzigen Grashalmen, die womöglich mitten aus dem Rasen sprießen. Hat er so einen Terroristen entdeckt, kommt der Aufsitzmäher ins Spiel. Hardy kurvt dann kreuz und quer über die riesige Rasenfläche und macht alles wieder ordentlich. Auch Büsche und Bäume haben hier keine Chance aus der Form zu geraten. Alles was nicht so will wie Hardy, kommt ab. Ordnung ist sein Leben. Diesem Prinzip unterwirft er auch seine Pflanzen. Seinen Nachbarn erscheint er ein wenig strange. Aber egal, Hauptsache, dass er was zu tun hat. Jeder muss nach seiner Facon selig werden.

Vielleicht ist es nicht grad Swing, aber..

Tanzen ist wie Medizin. Ein Allheilmittel, nützlich bei Kreislaufproblemen, neurologischen Erkrankungen, motorischen Störungen, oder schlechter Laune. Einfach super für jeden. Die Schrittfolgen fordern Denkarbeit, die wieder für Vernetzungen im Gehirn sorgt.
Im fortgeschrittenen Alter muss es vielleicht nicht für jeden Swing sein. Aber klassische Standardtänze oder auch argentinischer Tango begeistern beiderlei Geschlecht, sogar über 65.

Nicht nur die Tanzgemeinschaft – man kennt sich – auch die regelmäßige Bewegung zu eingängiger Musik stimmt fröhlich. Und fröhlich ist besser als muffig. Also gut.

Dating Portal

Als Willa 40 wurde, hatte sie ein Gespräch mit einem Heiratsvermittler. Er legte die Fakten gleich auf den Tisch. „Sie sind schwer vermittelbar, denn sie haben zwei entschiedene Nachteile, Frau M. Erstens sind sie Lehrerin und zweitens haben Sie das Verfallsdatum erreicht.'' Wer mit dem Übertritt in den Ruhestand auch sein Singledasein beenden möchte, ist also am besten ein Mann. –?–

Frauen über 60 haben meist nicht die Freie Auswahl. Müssen sie deshalb nehmen, was kommt? Müssen sie sich aussuchen lassen oder wählen sie trotzdem selbst aus?

Ein mitfühlender Bekannter, von Beruf Gynäkologe, eröffnete mir als ich 40 wurde „Nach einer Frau über 40 guckt sich doch kein Mann mehr um. Die ist einfach alt.'' Er war zur Zeit dieser Aussage 56.

Damals erboste mich diese Arroganz. Heute sehe ich das Thema gelassener. Die Erfahrung hat gezeigt, dass ältere Männer, jedenfalls die meisten, zu jüngeren Frauen neigen. Gründe? – Noch einmal durchstarten, neue Kinder machen, sich jung fühlen. Den Freunden beweisen, dass man es noch bringt. Stolz sein auf die Trophäe. Im Grunde alles Beweise der Unreife und Schwäche.

Komisch nur, dass Männer mit Hartz 4 Einkommen, diese Wahl nicht freisteht... Sollte das Gründe haben?

„Schatz ich lieb dich so! – Ich dich doch auch, Hasi! – Oh, guck mal, ist der Mantel nicht süß! Und im Angebot! Nur 850 €. – und schau, dazu gibt es gleich noch einen Kaschmirschal!"

„Hasi, kommst du mit shoppen? Ich brauche dringend was zum Anziehen." „Geht nicht, Schatz, ich bin heute in einer Sitzung. Ich geb dir meine Kreditkarte, dann brauchst du mich nicht." – Ne, klar.

Manchem älteren Mann leuchtet denn doch bald ein, wie anstrengend Beziehungen zu jungen

Frauen sein können, wenn man sich nicht erneut reproduzieren will. Deine Kinder sind erwachsen, endlich hast du dich scheiden lassen und nun willst du deine neue Freiheit genießen.

Ist die Frau um die 30, will die dringend Kinder. Die Uhr! Ist sie womöglich unter 30, will sie in die Disco. Die fängt erst gegen 2:00 Uhr an. Das tut weh, wenn man über 60 ist.

Dass ältere Frauen Beziehungen zu sehr viel jüngeren Männern eingehen, ist auch heutzutage noch eher die Ausnahme, kommt aber vor. Man sehe das Ehepaar Macron. Ein Beispiel für zwei intelligente, reife Menschen. Zuweilen ist die Affinität zwischen solchen Paaren natürlich auch rein sexueller Natur. Dann muss man sich darüber klar sein, dass die Dauer einer solchen Liaison begrenzt ist durch die dem Alltag geschuldete abnehmende Spannung. Man sollte sich fragen, was noch bleibt, wenn „Gegensätze ziehen sich an" vorbei und „gleich und gleich gesellt sich gern" eben nicht der Fall ist.

„Ich hätte schon gern jemanden, der mal da ist, wenn mir danach ist", meint Josie. „Nur wohnen möchte ich nicht mehr mit einem Mann. Ich habe keine Lust mehr darauf Socken und Unterhosen zu waschen. Ich will auch nicht meinen Tagesablauf auf den eines Mannes abstellen. Aber fürs Kino, Theater und auch hin und wieder für das Bett wäre so ein gutaussehender Kerl schon ganz schön."

Josie meldet sich in einem Dating Portal an. Den Steckbrief beginnt sie mit einer kleinen Lüge. Da sie sehr gut aussieht und meist für jünger gehalten wird, schreibt sie bei Alter: 54.

Sie stellt ein gutes Foto ins Netz und drückt die Taste. Dass sie nun 26€ /Monat für die Chance bezahlt, zumindest eine gewisse Auswahl an

Männern geliefert zu bekommen, hält sie für angemessen. Wer in der Lotterie gewinnen möchte, muss zumindest ein Los kaufen.

Tatsächlich gefallen ihr einige Kandidaten ganz gut und sie entschließt sich, Kontakt aufzunehmen. Das erste Date sollte dann ausschlaggebend dafür sein, dass Josie die Taktik änderte. Der Mann, 60, der sich im Netz als attraktiv und gut aussehend bezeichnete und ein tolles Foto gesendet hatte, stellt sich als totale Niete heraus. Das Foto musste schon 10 Jahre alt gewesen sein. Der schlanke, sportliche Mann darauf hatte jedenfalls mit dem Koloss, den Josie traf, nicht viel gemein. Leider kriegte er auch kaum den Mund auf und musste zugeben, dass ein Freund Josie geantwortet hatte. – Was für ein unerfreulicher Abend, welche Zeitverschwendung! Für das nächste Date machte Josie mit einer Freundin aus, dass die eine halbe Stunde nach Beginn des Treffens eine App schicken sollte. Für den Fall, dass es wieder ein Flop wäre, würde Josie dem Kandidaten vorlügen, ihre Mutter sei krank und sie müsse nun sofort weg. Denke nicht, nur Männer sagen die Unwahrheit! Als David einmal im Dating-Zirkus unterwegs war, musste er feststellen, dass es unbedingt nötig ist, zuvor auf einem Ganzkörperfoto zu bestehen. Die Frau, die ihm im Restaurant gegenübersaß, hatte sich als schlank und gutaussehend beschrieben. Sie war nett und sah auch passabel aus. Als sie dann aber aufstand um zum Klo zu gehen, hatte sie Mühe, sich aus dem Sessel zu pellen, so breit war ihr Hintern! David erschrak zutiefst. Er reagiert phobisch auf breite Hinterteile. Ihm blieb nichts, als sich unter einem Vorwand zu verabschieden.

Bitte nicht aufschreien von wegen Diskriminierung, etc., lieber ganz ehrlich vor der eigenen Türe kehren.

Jeder hat seine Präferenzen bei der Partnerwahl. Einer mag keine braunen Augen, ein anderer keine roten Haare.

Das Internet ist durchaus eine Möglichkeit, Partner zu finden. Es ist jedoch gut, wenn du locker bleibst und dir bewusst ist: Du musst nichts müssen!

Fest steht aber auch, dass Alleinlebende, einerlei ob Männer oder Frauen, häufig strange werden. Wer sich ausschließlich mit seiner Katze oder dem Hund unterhält, wird irgendwann nur noch von der Seite beäugt. Wer mit seinen Puppen redet – ja, manche sammeln Puppen und geben ihnen Namen – ebenso. Von einer Freundin habe ich gehört, dass sie mit ihren Pflanzen spricht. Das soll denen sehr gut bekommen. Wahrscheinlich beflügelt sie die Ansprache beim Wachsen, wie die Kühe, die bei Musik im Stall mehr Milch geben.

Leider neigen viele, wenn die Lotterie ihnen wider Erwarten doch endlich einen Treffer beschert, zum Klammern. Das ist nun wirklich das Letzte, was sich ein Mensch in der dritten Lebensphase wünscht. In diesem Alter pflegt jeder seine eigenen Abläufe. Da muss jemand, der dazukommt, schon wirklich passen.

Es gibt zwei Möglichkeiten:
1.
„Wie wäre es, wenn du bei mir einziehst?" – „Denkst du, dass das funktionieren kann?" –
„Ja, das denke ich, denn du störst nicht."

Oder aber

2.
„Wollen wir zusammenziehen?"
„Ich mache es nur noch ambulant, nicht mehr stationär."

Pfui, Rex!

Für viele Alleinstehende ist der letzte Partner ein Haustier. Allein sind die meisten Menschen nicht gern, obwohl einige das gern glauben machen wollen. Ist der Ehepartner davongeeilt, einer neuen jungen Liebe hinterher oder musste er für immer gehen und hat dich als Witwe/r zurückgelassen, für den Menschen, der zurückbleibt ist es für einen Moment der gleiche Zustand. – Allein. – Man denkt darüber nach, ein Haustier in sein Heim zu holen. Hundemenschen sind meist keine Katzenmenschen. Nur wenige sind beides. Schaffst du dir eine Katze an, wird immer jemand da sein, der dich wenn du heimkommst schon sehnsüchtig erwartet. Deine Katze wird sich zu dir legen, wenn du krank bist. Sie wird dich mit ihrer Eleganz und Schönheit erfreuen. Ihre Intelligenz wird dir Spaß machen. Manche nehmen ein Tier aus dem Heim auf und tun noch etwas Gutes, andere suchen ganz gezielt nach einer bestimmten Optik, weil sie nur Schönes um sich herum ertragen. Du musst wissen, dass du deine Katze nicht mit in den Urlaub nehmen wirst und dass du sie auch wohl nicht aus dem Haus geben möchtest, wenn du verreist, denn das mag sie gar nicht. Du brauchst einen zuverlässigen Katzensitter. Wenn du Glück hast, wird eine Katze dich für länger als zwanzig Jahre erfreuen. Das solltest du allerdings genau bedenken, wenn du schon fortgeschrittenen Alters bist.

Kaufst du dir einen Hund, hat das den Vorteil, dass du ihn fast überall hin mitnehmen kannst oder ihn zu einem Freund in Pflege geben kannst. Der Hund wird dich, sein Herr/Frauchen immer anschauen, mit dem Schweif wedeln und das tun, was du ihm sagst (wenn du ihm das beigebracht hast), denn du bist sein Leittier. So sollte es jedenfalls sein. Lässt du dir auf der Nase herumtanzen, kannst du ganz schnell zum Leidtier werden! So ein Hund hat noch einen großen Vorteil: Beim Gassigehen triffst du andere Menschen mit Hunden. Man kommt ins Gespräch, man lernt einander kennen. Schon so mancher hat über den Hund Bekannte oder sogar einen neuen Lebenspartner gefunden und kann nun ehrlich zugeben, dass er eigentlich doch nicht gern allein war.

So ein Hund als neues Familienmitglied bedeutet in manchen Fällen auch „Kindersatz". Hans und Frieda sind seit Jahren ein Paar. Hans war nie verheiratet, Frieda ist geschieden. Ihren Dackelpudel haben sie aus einem Tierheim geholt. Dieses Tier hat das Paradies auf Erden gewonnen. Hans ist recht sachlich, aber Frieda ist permanent besorgt um ihren Hund. Rex ist zum Mittelpunkt ihres Lebens geworden. „Stell dir vor, gestern hat Rex ein Eichhörnchen gejagt!" – „Schau mal, wie süß! Er schläft!" „Komm, Rexi, komm, wach auf, komm!" „Guck mal, wie er gehorcht! Gib ihm mal ein Leckerli!" So ein Rex oder Waldi bestimmt deinen Tagesablauf. Er muss ein paarmal am Tag Gassi und braucht regelmäßig Futter. Den Hund von der eigenen Gabel oder womöglich von Mund zu Maul zu füttern, ist nur eklig, auch wenn

Frieda das für ein Zeichen besonderer Zuneigung
hält.

Klassentreffen

Wenn man langsam zur Ruhe kommt, die Wohnung aufgeräumt, der Keller ausgemistet und die überflüssige Garderobe ins Sozialkaufhaus gewandert ist, besinnt man sich auf alte Freunde. Manchmal genügt ein Telefonat um an frühere Zeiten anzuschließen. „Hallo Uschi, hier ist Antje." ...."Antje!! Wie schön, dich zu hören.." Beim gemütlichen Kaffee stellt man fest, dass man nahtlos an frühere Gemeinsamkeiten anschließen kann. Man trennt sich nach Stunden mit roten Wangen vom eifrigen Erinnern „Nun sehen wir uns aber öfter! Bis bald!"

Nicht immer ist es so leicht.

Nick fuhr zur Feier seines 40jährigen Abiturs in seine Heimatstadt. Das Treffen sollte im Hotel Central stattfinden. Nick war etwas spät dran. An der Rezeption erfuhr er „Abiturfeier Raum B". Nick öffnete die Tür zu Raum B und stellte schnell fest, dass das nicht die richtige Feier sein konnte.

Er kannte niemanden der alten Herrschaften. So schloss er leise die Tür und ging erneut zur Rezeption. „Entschuldigung, in B muss ein anderes Treffen sein. Ich suche die Abiturfeier des Gymnasiums für Jungen." „Das ist in Raum B, mein Herr. Wir haben heute nur eine Feier im Haus." – ? – Also noch einmal. Nick öffnete zum zweiten Mal die Tür und da rief jemand „Mensch, Nick! Toll, dass du da bist!" Er ging hinein und erkannte niemanden der alten Herren. Nur der, der gerufen hatte, kam ihm irgendwie vertraut vor. „Hallo!" rief er deshalb lachend zurück und hoffte, der würde nicht merken, dass ihm sein Name entfallen war. „Du hast dich überhaupt nicht verändert, alter Knabe!" „Du auch nicht!" (..obwohl ich nicht weiß, wer du bist!) Und dann kamen sie ins Gespräch. Es wurde viel erinnert und gelacht. Auf dem Heimweg grübelte Nick jedoch, ob er wohl für andere auch wie ein „Alter Herr" rüberkommt. Er hatte seine ehemaligen Klassenkameraden in diesen zum Teil übergewichtigen, stark ergrauten oder haarlosen alten Männern nicht entdecken können. Nun fragte er sich „bin ich blind gegen mich selbst oder einfach nur arrogant?"

Willa hat Ähnliches erlebt:

„Dich kenn ich gar nicht, aber herzlich willkommen." – Was für eine Begrüßung nach 45 Jahren! – Gespannte Gesichter, neugieriges Herumschauen. Siebzehn Mädels der Abgangsklasse 1970 des damaligen „Gymnasiums für Mädchen " waren angereist. Manche wohnen um die Ecke, andere kamen aus München und dem Schwabenland. Nach einem zögerlichen „wohin mit der Quiche? – wie möchtest du den Apfelkuchen schneiden?" tauten sie langsam auf. „Hallo! Du hast dich ja gar nicht verändert!" – Na, nach 45 Jahren? Sie hatte einen Spiegel zu Hause! – Aber manche sahen wirklich aus wie immer, nur eben mit den Spuren im Gesicht, die die Jahre dort zurückgelassen haben. Der Informationsaustausch war in vollem Gange, es wurde lauthals gelacht – „weißt du noch, als unsere ganze Reihe in der Mathearbeit eine Eins hatte und Dr. K. die Quelle des Wissens nicht heraus finden konnte?" – als eine plötzlich laut „Hallo!" rief. „Könntet ihr bitte etwas leiser lachen? Manche von uns hört inzwischen schlecht und kann ihr Gegenüber nicht verstehen!" Abwartend schauten sie in die Runde und dann lachten alle zusammen „Na klar!" Sie waren 65 Jahre alt. Jede hätte von mindestens einem Zipperlein berichten können.

Willa dachte, beim nächsten Treffen würden sie sich wieder an das, was sie in den Jahren bis zum Abi 1970 gemeinsam erlebt hatten, erinnern – Und jedes Mal wieder. – Sie fragte sich, ob die Mädels sie beim nächsten Mal wohl erkennen würden.

Nochmal Gas geben?

„Ich gebe heute einen aus. Hab mir ein neues Auto gekauft", eröffnet Bernd seiner Doppelkopfrunde. „Tat der Benz es nicht mehr?" „Du hast doch noch den Geländewagen." „Ja, schon. Aber ich hatte Lust auf was anderes. Immer war ich vernünftig, immer auf dem Teppich. Jetzt will ich nochmal Gas geben." „Ne! Du hast doch nicht..?" „Doch, hab ich." „Welche Farbe?" „Du weißt doch, meine Autos sind schwarz." „Und was hat er unter der Haube?" „540 PS." „Huii!" „Hast Recht. Das ist wirklich nicht vernünftig. Aber wenn es dir Spaß macht, so what!" „Ich hab auch einen Neuen bestellt," meldet sich Nick. „Aber einen ganz Kleinen. Er hat 90 PS, geht ab, wie Schmidt's Katze und passt in jede Parklücke. Wir kriegen 2x Golfgepäck rein, was keiner glaubt, der es nicht gesehen hat. Und er hat einen Riesen-Vorteil: ich kann leicht ein- und aussteigen. Meine Hüfte und auch die Knie wollen nicht mehr so richtig. Es ist eine echte Qual, aus einem niedrigen Wagen herauszukommen. Aus dem Smart kann ich einfach die Beine rausstellen." „Mit 90 PS?", fragt Bernd erstaunt. „Ja, Brabus. Na, so ganz ohne Speed geht ja auch nicht." „Wisst ihr," wirft Walter ein, ich fahre gar nicht mehr gern. Wenn ich kann, nehme ich Öffentliche oder ein Taxi. Mir ist das mit dem Stadtverkehr echt zu viel." „Versteh ich," meint Nick. „Die einen so, die anderen so. – Elli und Johann haben sich gerade jeder eine Harley zugelegt. Sie wollen damit durch Skandinavien reisen. – Das muss man auch wollen. Mir wäre es zu unbequem, aber das ist eben Geschmackssache."

Tja, die einen werden vernünftig, die anderen drehen noch einmal so richtig auf. Die Frage ist ja, worauf man warten will. Mit über 60 sollte man endlich das tun können, was man möchte, das erfahren, was einem noch fehlt und erleben, was man sich wünscht.

Leben

Die Jahre laufen um die Wette,
als ob sie nichts anderes zu tun hätten.
Eins will das andere überholen,
ganz so, als hätten sie die Zeit gestohlen.
Sie fliegen dahin,
wir suchen den Sinn.
Sie gehen vorbei,
als ob das gar nichts sei.
Was machen wir hier?
Mancher ist schier
überfordert mit dieser Frage.
Andere sind sich selbst ne Plage.
Viele sterben vor Langeweile,
wissen ihre Tage nicht zu füllen,
lesen Zeitung, Zeile für Zeile,
um sie dann zusammenzuknüllen.
All das Elend, all die Not,
will doch keiner wissen!
Wieder tausend Menschen tot,
aus dem Leben rausgerissen.
Glücklich, wer nicht ganz allein,

womöglich Freunde hat und Kinder,

nicht einsam ist, nicht nur zum Schein,

dies Glück sieht wie ein Blinder.

Die Jahre nutzen und genießen,

ob Sonne oder Regen,

Ideen und Träume sprießen,

sind nicht nur ein Segen.

alles gut zusammen passt,

der Gefühle bunter Reigen.

Oben auf der Welle lasst

uns glücklich sein und schweigen.

Kommt das Tal dann irgendwann,

erinnerst du dich gern daran.

Die Wellen überschlagen sich,

Schlag auf Schlag, es schäumt die Gischt.

Manche fast begraben dich,

bis dein Mut dich rausgefischt.

Das Leben ist nichts für Feige,

drum grüß die Jahre, die noch kommen,

wie Zweige,

die aus alten Ästen sprießen.

Hast du dir dein Glück genommen?

Es gehört dir, du darfst genießen!

Gedanken über das Leben

In fortgeschrittenem Alter kommen einem häufiger Gedanken über das Leben. Man denkt zurück und fragt sich, ob es auch anders hätte kommen können. Mancher zweifelt, ob er Chancen übersehen hat, ob er sich besser anders orientiert hätte. Ob er vielleicht Winke des Schicksals nicht verstanden hat.

Andere glauben sich um das Leben betrogen, haben das Gefühl, Wichtiges verpasst zu haben.

Optimal, wenn man zufrieden ist, wenn man in dem Bewusstsein in den Tag geht, es wäre ok, wenn es der Letzte wäre. Die Sicherheit, dass man gelebt hat, alles so wieder machen würde, wie gehabt, dass auch die gescheiterte Ehe ihre Berechtigung und die Scheidung ihr Gutes hatte, ist beruhigend.

Beim Stricken kam mir eine Metapher in den Sinn. Die Frage „Wie lang sollte der Faden deines Lebens sein?" stellt sich für jeden individuell anders. Mir kommt das Leben vor, wie ein

Strickstück. Jeder bekommt mit der Geburt ein Knäuel Wolle zugeteilt, mit dem er sein Leben lang auskommen muss. Es gibt große und kleine Knäule. Manche haben kratzige Shetlandwolle, andere zartes, weiches Alpaka zur Verfügung.

Mancher Lebensfaden ist das Material zu einem widerstandsfähigen, aber auch nicht leichten Leben. So ein Faden aus Shetlandwolle ist recht haltbar und vor allem rustikal. Strickst du hingegen mit Kaschmir oder sogar Alpaka, verläuft dein Leben locker und angenehm, ohne brüchig zu werden. Sanft, wie auf Katzenpfoten, setzt du einen Fuß vor den anderen. Es kommt allerdings selten vor, dass so ein Wollknäuel nur eine Sorte Garn hat. Alle paar hundert Meter wechselt meist die Beschaffenheit des Fadens. Sonst wäre es wohl auch langweilig. So greifen Lebensmomente wie Strickmaschen ineinander, bilden, Tag für Tag, Jahr für Jahr, Reihe um Reihe. Mancher übertreibt, strickt verschwenderisch viel, so dass ihm sein Lebenspullover zu groß gerät, andere geizen mit Wolle und zwängen sich in einen viel zu engen. Manchmal verstrickt sich das Leben. Ein Fehler zeigt sich. Dann gibt es vielleicht Knoten oder es reißt sogar der Faden. Von deinem Wollknäuel und deinem Geschick hängt es ab, ob du den Knoten entwirren oder den Faden reparieren kannst.

Solange er noch Wolle hat, denkt so mancher, er sei unsterblich. Geht das Garn aber dem Ende zu, muss er sich dem Problem stellen. Wenn die fehlerhaften Maschen sich häufen, dann bleibt ihm irgendwann nur noch, die letzte Reihe abzuketten und – wenn die Zeit dazu noch reicht – den Faden zu vernähen und abzuschneiden, also seinen abschließenden Frieden zu machen.

Betty macht sich jetzt häufiger Gedanken über das Ende. Für sie kommt nur ein Grab auf dem örtlichen Friedhof in Frage. Auf dem Lande ist man gewohnt, zum Friedhof zu gehen. Dann beguckt man die Gräber und erinnert sich der Toten, von denen man die meisten zu Lebzeiten kannte. „Guck mal da, das ist das Grab von Lehmann's Heinrich. Der war ein schöner Mann! Ist nun auch schon drei Jahre tot. – Wie die Zeit vergeht!'"

Mancher möchte gern unter einem Baum begraben sein. Es gibt inzwischen zahlreiche Friedwälder oder auch Ruheforste, wo das sehr kostengünstig möglich ist. Die meisten Interessenten schauen sich den Platz beizeiten an oder kaufen bei Lebzeiten schon das Grab für ihre Urne. Auch der Ablauf der Trauerfeier kann hier gleich festgelegt werden.

Schon im Anfang liegt das Ende

Denkst auch du oft an den Tod?

Oder gehörst du wohl zu denen,

die glauben, unsterblich zu sein?

Es ist sein täglich Brot,

nicht nötig zu erwähnen,

da wird ein Ende sein.

Der Gedanke unbequem

Abschreckend und mies

Sterben – gar nicht angenehm.

Doch glaube du nun dies:

Der Anfang schon birgt auch das Ende

Das Leben läuft dahin geschwind

irgendwann kommt dann die Wende,

bis du und ich Geschichte sind.

Denkst du manchmal

So könnt's bleiben?

Möchtest gern die Zeit anhalten?

Leben jetzt noch ohne Qual,

bunter könnte man's nicht treiben.

Noch sind die anderen die Alten.

Doch er ist schon da.

Manche holt er ohne Warnung,

andere sind noch nicht bereit

sich an den Abschied zu gewöhnen.

Fürwahr,

ein Leben lang war Zeit,

dich mit ihm auszusöhnen.

Nun, wo es ist soweit,

verwundert seine Tarnung.

Allein, er lässt sich nicht beirren,

geht auf keinen Handel ein.

Kannst ihn nicht verwirren,

wird schon alles richtig sein.

Gut nur, dass wir gar nicht wissen,

wann der Moment gekommen ist.

Wer wird dich vermissen,

wenn du dann woanders bist?

Das Beste am Herbst deines Lebens ist,
dass du nichts musst, aber vieles kannst, und
zwar wenn und wann du willst.
Es liegt bei dir, wie du diese Lebensphase
gestaltest.
Jahre der Freiheit mögen noch vor dir liegen.
Mach das für dich beste daraus!

Zukunft

Gerne willst du wissen,

wie's weitergeht in deinem Leben

möchtest vieles nicht gern missen,

anderes gerne geben.

Könntest du es selber planen

Verliefe alles wohl in Bahnen.

Kein Problem, nicht Not und Sorgen

Alles schön am nächsten Morgen.

Gut, dass es ein anderer lenkt,

hin und wieder gegen deinen Gusto

dir so viel Neues schenkt

und so

wächst du an deinem Leben

nicht nur der leichte Weg ist gut.

eben

vertraue und hab Mut.

Brose Bücher

Schulkleidung ist nicht Schuluniform

Survival für Lehrer
Survival für Referendare
Survival für Eltern

Leben In Versen

Schwarzer Adler über mir

Ein Kreuz mit Kugelschreiber

Golf – Spazierengehen auf Rasen

So geht das

Leben in Versen 2017

Mit Mutter stirbt die Dauerwelle